ullstein

Das Buch

Der Tag vor dem Glück: Das ist der Tag, an dem es dem kleinen Waisenjungen gelingt, den Ball hinter dem Fuß der marmornen Statue hervorzuangeln – jetzt darf er bei den Großen mitspielen. Es ist auch der Tag, an dem er unter einem alten neapolitanischen Mietshaus ein geheimes Verlies voller Bücher entdeckt, in dem ein Jude den Krieg überlebte. Und es ist der Tag, an dem das geheimnisvolle Mädchen Anna ihren Platz am Fenster im dritten Stock verlässt und ihm entgegengeht. Don Gaetano, *portiere* in eben jenem Mietshaus, wird bald sein väterlicher Freund. Er weist ihn nicht nur in die Geheimnisse des Kartenspiels ein, sondern auch in die Kunst des Gedankenlesens. Und er zeigt ihm, wie man in einer Stadt überlebt, in der Glück und Verderbnis so nah beieinanderliegen.

Der Autor

Erri De Luca, geboren 1950 in Neapel, begann erst mit vierzig zu schreiben. Als Autodidakt lernte er Hebräisch und übersetzte Teile der Bibel neu. Heute ist er einer der meistgelesenen Schriftsteller Italiens und hat Kultstatus. 2010 wurde er mit dem Petrarca-Preis geehrt.

Von Erri De Luca sind bei uns im Hause erschienen:

Das Gewicht des Schmetterlings · *Montedidio* · *Fische schließen nie die Augen* · *Mein Wort dagegen*

ERRI DE LUCA

Der Tag vor dem Glück

ROMAN

Aus dem Italienischen
von Annette Kopetzki

Ullstein

Besuchen Sie uns im Internet:
www.ullstein-taschenbuch.de

MIX
Papier aus verantwortungsvollen Quellen
FSC® C083411
FSC www.fsc.org

Neuausgabe im Ullstein Taschenbuch
1. Auflage März 2016

Titel der italienischen Originalausgabe: *Il giorno prima della felicità* (first published by Giangiacomo Feltrinelli Editore, Milano 2009)
Umschlaggestaltung: ZERO Werbeagentur, München, nach einer Vorlage von Anzinger | Wüschner | Rasp, München
Titelabbildung: © corbis corporation
Satz: Uwe Steffen
Gesetzt aus der Galliard und Futura
Druck und Bindearbeiten: CPI books GmbH, Leck
Printed in Germany
ISBN 978-3-548-28824-6

DAS VERSTECK ENTDECKTE ICH, weil der Ball dort gelandet war. Hinter der Nische mit der Statue im Innenhof unseres Hauses gab es eine Falltür, über der zwei Holzbretter lagen. Als ich darauftrat, merkte ich, dass sie sich bewegten. Ich bekam Angst, nahm den Ball und schlüpfte zwischen den Beinen der Statue wieder hinaus.

Nur ein mageres, gelenkiges Kind wie ich konnte Kopf und Körper zwischen den kaum gespreizten Beinen des Kriegerkönigs hindurchschieben, nachdem es am Schwert vorbeigekommen war, das direkt vor den Füßen im Boden stak. Zwischen dem Schwert und dem Bein war der Ball abgeprallt und hinter die Statue gerollt.

Ich kickte ihn nach draußen, die anderen spielten weiter, während ich mich hinauswand. In Fallen gelangt man leicht hinein, aber das Rauskommen kostet Schweiß. Außerdem hatte ich es eilig, aus Angst. Ich nahm wieder meinen Platz im Tor ein. Sie ließen mich mitspielen, weil ich den Ball überall herausholte. Oft landete er auf dem Balkon im ersten Stock, wo die Wohnung leer stand. Es hieß, dort wohne ein Gespenst. Alte Häuser waren voll von zugemauerten Falltüren, Geheimgängen, Verbrechen und heimlichen Liebesgeschichten. Alte Häuser waren Schlupfwinkel für Gespenster.

So kam es, dass ich zum ersten Mal auf den Balkon kletterte. Vom Fenster im Erdgeschoss des Hofes, wo ich wohnte, schaute ich den größeren Jungen nachmittags beim Fußballspielen zu. Ein verschossener Ball flog in die Höhe und landete auf dem Balkon in jenem ersten Stock. Er war weg. Ein Plastikball, durch den Gebrauch schon etwas schlaff. Während sie noch herumstritten, beugte ich mich vor und fragte, ob sie mich mitspielen ließen. Ja, wenn du uns einen neuen Ball kaufst. Nein, mit dem, entgegnete ich. Neugierig geworden, willigten sie ein. Ich kletterte an einem Fallrohr empor, das am Balkon vorbei in die Höhe führte. Es war mit verrosteten Zwingen an der Hausmauer befestigt und dünn. Ich kletterte höher, das Rohr war staubig, schwerer zu umklammern, als ich gedacht hatte. Aber nun war ich schon dabei. Ich blickte nach oben: Hinter einem Fenster im dritten Stock stand sie, das Mädchen, das ich heimlich beobachtete. Sie war an ihrem Platz, den Kopf auf die Hände gestützt. Meistens betrachtete sie den Himmel, jetzt nicht, jetzt schaute sie nach unten.

Ich musste weitermachen, und ich machte weiter. Für ein Kind sind fünf Meter ein Abgrund. Ich zog mich bis auf die Höhe des Balkons an dem Rohr hoch, indem ich die Füße auf die Zwingen setzte. Unter mir waren die Kommentare verstummt. Als ich mit der linken Hand nach der eisernen Balkonbrüstung langte, fehlte eine Handspanne. Also musste ich auf meine Füße vertrauen und den Arm ausstrecken, mit dem ich mich am Rohr festhielt. Ich beschloss, es mit Schwung zu machen, meine linke Hand erreichte die Brüstung. Jetzt war die Rechte dran. Ich klammerte mich fest an das Eisen und holte mit der Rechten zum Griff aus. Dabei verlor ich den Halt unter den Füßen: Einen Augenblick lang hing mein Körper an meinen Händen über dem Abgrund, dann hoben sich sofort ein Knie, beide Füße, und ich kletterte über das Geländer. Warum hatte ich keine Angst gehabt? Ich begriff, dass meine Angst schüchtern war, sie musste allein sein, um zum Vorschein zu kommen. Hier aber waren die Augen der Jungen unten und die des Mädchens oben. Meine Angst schämte sich hervorzukommen. Sie würde sich später rächen, abends im Bett, im Dunkeln, wenn die Gespenster in der Leere raschelten.

Ich warf den Ball hinunter, sie spielten weiter, ohne mich zu beachten. Der Abstieg war einfacher, als ich die Hand zum Rohr ausstreckte, konnte ich mich auf eine gute Stütze für die Füße am Rand des Balkons verlassen. Bevor ich mich zum Rohr vorstreckte, schaute ich schnell zum dritten Stock hinauf. Ich hatte mich für diese Unternehmung angeboten, weil ich hoffte, sie würde mich bemerken, den winzig kleinen Feger aus dem Hof. Sie stand dort mit weit aufgerissenen Augen, bevor ich ein Lächeln wagen konnte, war sie verschwunden. Wie dumm von mir, zu gucken, ob sie guckte. Man musste daran glauben, ohne es nachzuprüfen, wie bei den Schutzengeln. Wütend auf mich selbst, stürzte ich mich am Rohr nach unten, um schnell den Abgang zu machen. Unten wartete die Belohnung, ich durfte mitspielen. Sie stellten mich ins Tor, und so wurde meine Rolle bestimmt, ich würde Torwart sein.

Von dem Tag an nannten sie mich *'a scigna*, »das Äffchen«. Ich warf mich zwischen ihre Füße, um den Ball zu erwischen und das Tor zu hüten. Der Torhüter ist die letzte Verteidigungslinie, er muss der Held des Schützengrabens sein. Ich kassierte Fußtritte auf die Hände, ins Gesicht, weinte nicht. Ich war stolz darauf, mit den Großen zu spielen, die neun oder sogar zehn Jahre alt waren.

Der Ball landete noch mehrmals auf dem Balkon, in weniger als einer Minute war ich oben. Vor dem Tor stand eine Pfütze, weil irgendwo Wasser austrat. Zu Beginn des Spiels war sie klar, ich konnte das

Spiegelbild des Mädchens am Fenster darin sehen, während meine Mannschaft angriff. Ich war ihr nie über den Weg gelaufen, ich wusste nicht, wie der Rest ihres Körpers aussah, unter dem auf die Hände gestützten Gesicht. An sonnigen Tagen gelangte ich durch die Reflexe der Fensterscheiben von meinem kleinen Fenster bis zu ihr hinauf. Ich schaute sie an, bis mir die Augen vom Licht tränten. Die geschlossenen Fenster im Hof ließen den Sonnenreflex mit ihr darin bis in meinen schattigen Winkel hinunterreichen. Wie viele Umwege ihr Bildnis machte, um mein kleines Fenster zu erreichen. Vor Kurzem war in einer Wohnung im Haus ein Fernsehapparat angekommen. Es hieß, dass man darin Menschen und Tiere sehe, die sich bewegen, aber ohne Farben. Ich hingegen sah an dem Mädchen all das Braun ihrer Haare, das Grün ihres Kleides und das Gelb, das die Sonne hinzugab.

Ich ging zur Schule. Meine Adoptivmutter hatte mich angemeldet, aber ich kannte sie nicht. Don Gaetano, der Hausmeister, kümmerte sich um mich. Abends brachte er mir ein warmes Essen. Bevor ich morgens zur Schule ging, brachte ich ihm den sauberen Teller zurück, und er wärmte mir eine Tasse Milch auf. Ich wohnte allein in dem Kabuff. Don Gaetano sprach fast nie, auch er war als Waise aufgewachsen, aber in einem Waisenhaus, nicht wie ich, der ich mich frei im Haus bewegen und in die Stadt gehen konnte.

Die Schule gefiel mir. Der Lehrer sprach zu den Kindern. Ich kam aus meiner Kammer, wo niemand mit mir sprach, und hier war jemand, dem man zuhören konnte. Ich lernte alles, was er sagte. Das war etwas sehr Schönes, ein Mann, der den Kindern die Zahlen erklärte, die Jahre der Geschichte, die Orte der Geografie. Es gab eine bunte Weltkarte, so konnte man, auch wenn man nie aus der Stadt herausgekommen war, Afrika kennenlernen, das grün war, den weißen Südpol, das gelbe Australien und die blauen Ozeane. Die Kontinente und die Inseln waren weiblich, die Meere und Berge männlich.

In der Schule gab es die Armen und die anderen. Die aus der Armengruppe, wie ich, bekamen um elf Uhr ein Brot mit Quittenmarmelade, das der Pedell brachte. Mit ihm kam ein Duft nach Backofen herein, der den Mund wässrig machte. Die anderen kriegten nichts, sie hatten ein Pausenbrot von zu Hause mitgebracht. Ein weiterer Unterschied bestand darin, dass die von den Armen im Frühling kahlgeschorene Köpfe hatten, wegen der Läuse, und die anderen ihre Haare behielten.

Man schrieb mit der Feder und mit Tinte, die sich auf jedem Pult in einem Loch befand. Schreiben war Malerei, man tunkte die Feder ein und ließ Tropfen fallen, bis nur noch einer übrig blieb, und mit dem konnte man ein halbes Wort schreiben. Dann tunkte man wieder ein. Wir Armen pusteten das Blatt mit unserem warmen Atem trocken. Wenn das Blau der

Tinte unter dem Hauch erzitterte, änderte sich seine Farbe. Die anderen trockneten mit Löschpapier. Was wir machten, Wind über das Papier wehen lassen, war schöner. Die anderen zerquetschten die Worte unter ihrer kleinen weißen Pappe.

Im Hof spielten die Kinder umgeben von jahrhundertealter Vergangenheit. Die Stadt war uralt, ausgehöhlt, angefüllt mit Grotten und unterirdischen Verstecken. An Sommernachmittagen, wenn die Hausbewohner Ferien machten oder hinter ihren Rollläden verschwanden, ging ich in einen zweiten Hof, wo es eine Zisterne gab, über der Holzbretter lagen. Ich setzte mich darauf, um die Geräusche zu hören. Vom Grund, wer weiß wie tief unter mir, kam ein Rauschen bewegten Wassers. Dort unten war ein Leben eingeschlossen, ein Gefangener, ein Menschenfresser, ein Fisch. Zwischen den Brettern stieg kühle Luft auf und trocknete meinen Schweiß. Ich hatte in meiner Kindheit eine ganz besondere Freiheit. Kinder sind Entdecker und wollen Geheimnisse wissen.

Darum kehrte ich hinter die Statue zurück, um herauszufinden, wohin die Falltür führte. Es war August, der Monat, in dem Kinder am schnellsten wachsen.

An einem Nachmittag schlüpfte ich erst mal zwischen den Füßen und dem Schwert der Statue hindurch, einer Kopie des Normannenkönigs Roger vor dem königlichen Palast. Die Holzbretter waren gut befestigt, sie bewegten sich, ließen sich aber nicht hochheben. Ich hatte einen Löffel mitgebracht, damit kratzte ich die Klebestellen weg. Ich schob die beiden Bretter auseinander, darunter war es stockdunkel und ging tief hinunter. Die Angst kam, sie nutzte es aus, dass niemand da war. Man hörte kein Geräusch von Wasser, es war eine trockene Dunkelheit. Nach einer Weile wurde die Angst müde. Auch das Dunkel wurde weniger dicht, ich sah ein paar Sprossen einer hölzernen Leiter, die nach unten führte.

Ich reckte den Arm, um die Stelle zu berühren, wo die Leiter an der Wand lehnte. Sie war massiv, staubig. Dann bedeckte ich das Loch wieder mit den Brettern, für diesen Tag hatte ich genug entdeckt.

Ich kehrte mit einer Kerze zurück. Kühle stieg aus dem Dunkel auf und strich über meine nackten Beine unter den kurzen Hosen. Ich kletterte in eine Höhle hinab. Unter sich hat die Stadt Hohlraum, wird von ihm gestützt. Zu unserer Masse oben gehört ebenso viel Schatten unten. Er trägt den Körper der Stadt.

Als meine Füße den Boden berührten, zündete ich die Kerze an. Es war das Lager von Zigarettenschmugglern. Ich wusste, dass sie die Ware mit Motorbooten auf dem offenen Meer holten. Ich hatte ein Depot entdeckt. Das enttäuschte mich, ich hatte auf einen Schatz gehofft. Es musste einen anderen Eingang geben, diese Kisten passten nicht zwischen den Schenkeln des Königs hindurch. Und tatsächlich, auf der anderen Seite gegenüber der Wand mit der Leiter gab es eine Steintreppe. Der große Raum war still, Tuffstein löscht die Geräusche aus. In einer Ecke stand eine Pritsche, darauf eine Matratze, Bücher, eine Bibel. Es gab sogar ein Klo, eines von denen, wo man in die Hocke geht. Traurig stieg ich wieder hoch, ich hatte nichts entdeckt.

Ich ging nicht zur Polizei. Ich wäre nicht mal auf die Idee gekommen, niemals. Ein Geheimnis preisgeben, ein Versteck verraten, das sind Dinge, die ein Kind nicht tut. Petzen ist für ein Kind eine Schande. Es war nicht einmal ein verworfener Gedanke, er kam erst gar nicht. In diesem August stieg ich oft in das Lager hinunter, ich mochte die Kühle und die friedliche Stille des Tuffsteins. Ich fing an, die Bücher zu lesen, auf der Leiter sitzend, wo das Licht einfiel. Die Bibel nicht, Gott schüchterte mich ein. So entdeckte ich das Lesen. Das erste Buch hieß *Die drei Musketiere*, aber es waren vier. Während ich so mit baumelnden Beinen auf der obersten Leitersprosse saß, lernte mein Kopf, Licht aus den Büchern aufzunehmen. Als ich sie ausgelesen hatte, wollte ich mehr davon.

In der abschüssigen Gasse, wo ich wohnte, waren unten die Läden der Buchhändler, die an Studenten verkauften. Draußen auf dem Bürgersteig boten sie in Holzkisten verbilligte gebrauchte Bücher an. Von nun an ging ich dorthin, nahm ein Buch, setzte mich auf den Boden und las. Der erste Buchhändler jagte mich weg, ich ging zum nächsten, der ließ mich bleiben. Ein netter Mensch, Don Raimondo, einer, der ohne Erklärungen verstand. Er gab mir einen Hocker, damit ich nicht auf dem Boden lesen musste. Dann sagte er, er würde mir das Buch leihen, wenn ich es ihm unbeschädigt zurückbrächte. Ich bedankte mich und sagte, ich würde es ihm am nächsten Tag wiederbringen. Ich las es über Nacht ganz durch. Don Raimondo sah, dass ich mein Wort hielt, und erlaubte mir, jeden Tag ein Buch nach Hause mitzunehmen.

Ich suchte mir die dünnen aus. Das Lesen gewöhnte ich mir im Sommer an, weil der Lehrer fehlte, der etwas Neues lehrte. Es waren keine Kinderbücher, zwischendrin verstand ich viele Worte nicht, doch das Ende ja, das Ende verstand ich. Es war eine Aufforderung, nach draußen zu gehen.

ZEHN JAHRE SPÄTER ERFUHR ICH von Don Gaetano, dass sich im Sommer '43 ein Jude in dem Verschlag versteckt hatte. Ich war im letzten Schuljahr, und Don Gaetano hatte angefangen, Vertrauen zu mir zu fassen. Nachmittags lehrte er mich Karten spielen, wobei man komplizierte Hochrechnungen anstellen musste, um herauszubekommen, welche Karten noch verdeckt im Stapel lagen. Immer gewann er. Er schlug die Karten nicht auf den Tisch, er spielte schnell und wurde höchstens von mir aufgehalten, wenn ich die ausgespielten Karten im Geist zusammenrechnete. Ich hatte beschlossen, ihm etwas zu erzählen, um mich für sein neues Vertrauen zu revanchieren.

»Don Gaetano, in einem Sommer vor zehn Jahren bin ich in den Verschlag hinuntergestiegen, wo die Kisten standen.«

»Ich weiß.«

»Woher wisst Ihr das?«

»Ich weiß alles, was hier passiert. Der Staub, Junge, auf der staubigen Leiter waren die Abdrücke von Händen und Sohlen. Nur du konntest dort hinein, zwischen den Beinen von Roger hindurch. Sie nannten dich *'a scigna*, das Äffchen.«

»Und Ihr habt mir nichts gesagt?«

»Du hast nichts gesagt. Ich habe dich überwacht, du bist hinunter, hast die Kisten nicht angerührt und mit niemandem darüber gesprochen.«

»Ich hatte niemanden.«

»Was wolltest du dort?«

»Ich mochte die Dunkelheit, und da waren die Bücher. Dort habe ich das Lesen entdeckt.«

»Ein Äffchen mit Büchern: Flink wie eine Maus bist du am Rohr hinaufgeklettert, hast dich zwischen die Füße geworfen, um den Ball zu halten, du warst einfach mutig, ohne darüber nachzudenken.«

»Mir hat niemand gesagt, dass ich dies oder das tun soll. Was erlaubt ist, habe ich in der Schule gelernt. Ich gehe gerne hin, ich bin meiner Adoptivmutter dankbar, dass sie mich hat lernen lassen. Dies ist das letzte Jahr, dann endet das Stipendium, das ich durch sie bekommen habe.«

»Du lernst mit Gewinn, du hast das Zeug dazu.«

Das war sein größtes Kompliment, das Zeug dazu haben, für ihn eine Auszeichnung.

»Aber beim Kartenspiel bist du eine Pfeife.«

»Entschuldigt, Don Gaetano, wozu diente die Leiter hinter der Statue? Niemand konnte dort hindurch.«

»Doch, während des Krieges hatte ich einen Oberschenkel von Roger durchgesägt, im Notfall konnte man ihn herausnehmen. Im Krieg brauchte man Verstecke, für ein bisschen Schmuggel, für Waffen, für die, die untertauchen mussten. Es wurde Jagd auf Juden gemacht, dafür bekam man viel Geld. In der Stadt waren nur noch wenige.«

Don Gaetano merkte, dass ich neugierig war auf diese Geschichten, die zur Zeit meiner Geburt passiert waren. Er rechtfertigte die Neapolitaner, der Krieg kehre das Schlechteste in den Menschen hervor, doch einen, der Juden an die Polizei verkauft hatte, der ein Verräter war, den entschuldigte er nicht. »*È 'na carogna.* Das ist ein Aas. Sind die Juden denn anders als wir? Sie glauben nicht an Jesus Christus, ich auch nicht. Das sind Menschen wie wir, hier geboren und aufgewachsen, sie sprechen Dialekt. Mit den Deutschen dagegen hatten wir nichts gemein. Sie wollten kommandieren, zuletzt haben sie die Leute an die Wand gestellt und erschossen, die Läden verwüstet. Aber als der Moment kam, wo die Stadt sich auf die Deutschen stürzte, da rannten sie wie wir, da war es vorbei mit ihrer Kaltschnäuzigkeit. Was hatten die Juden den Deutschen bloß getan? Das hat man niemals rausfinden können. Unsere Leute wussten nicht mal, dass es Juden gab, ein Volk aus der Antike. Doch als es darum ging, etwas zu verdienen, wussten plötzlich alle, wer Jude war. Wäre ein Kopfgeld auf Phönizier ausgesetzt worden, man hätte hier bei uns glatt welche gefunden, auch solche aus zweiter Hand. Denn es gab Dreckskerle, die sich als Spitzel verdingten.«

Wenn wir Karten spielten, wurden wir von Leuten unterbrochen, die an die Portierloge kamen, um etwas zu fragen, dazulassen, abzuholen. Don Gaetano entging nichts. Es war ein altes Haus mit mehreren Treppenaufgängen, und er wusste über alle Bewohner Bescheid. Manchmal kam jemand und wollte einen Rat von ihm. Dann sagte Don Gaetano, ich solle auf die Loge aufpassen, und sie gingen weg. Kehrte er zurück, nahm er die Karten und das Gespräch an der richtigen Stelle wieder auf.

»Er blieb dort unten bis zur Ankunft der Amerikaner, und bis zum letzten Tag hat er geglaubt, ich könnte ihn an die Deutschen verkaufen. Der Hausmeister in seinem Haus hatte es getan, aber er konnte über das Dach fliehen und sich zuvor gerade noch eine Hose und ein Hemd überstreifen, Schuhe nicht mehr. Einen Packen Bücher, der immer in Reichweite lag, hat er mitgenommen. Die Juden sind im Fliehen geübt, so wie wir, weil unter uns die Erde bebt und der Vulkan auf der Lauer liegt. Aber wir laufen nicht mit Büchern von zu Hause weg.«

»Ich schon, Don Gaetano, ich nehme meine Schulbücher mit, wenn ich wegen des Erdbebens fliehen muss.«

»Er kam nachts bei mir an, während eines Fliegerangriffs. Ich hielt das Tor auf, und er ist hindurchgeschlüpft. Er hatte sich den Stern von der Brust gerissen, den er aufgenäht tragen musste, am Kragen hingen noch die Fäden. Ich habe ihn dort unten hingebracht, da ist er einen Monat lang geblieben, den schlimmsten des ganzen Krieges. Auf dem Höhepunkt des Aufstands habe ich ihm ein Paar Schuhe gebracht, die ich einem deutschen Soldaten ausgezogen hatte. Mit denen ist er auf die befreite Stadt zugegangen. Er hat mich gefragt, warum ich ihn nicht für Geld verraten habe.«

»Und was habt Ihr geantwortet?«

»Was hätte ich schon antworten sollen? Er hatte einen Monat lang dort unten gesessen, die Minuten gezählt und sich gefragt, ob er überleben würde oder nicht. Jedes Dankeschön, das er mir sagte, war von Misstrauen vergiftet. Der Krieg ging zu Ende, die Amerikaner waren auf Capri gelandet. Die Vorstellung, wenige Tage vor der Freiheit verhaftet zu werden, war unerträglich. Dieser September war ein wahrer Backofen. Die Deutschen zündeten Bomben entlang der Uferstraße, damit die Amerikaner nicht an Land kommen konnten, sie jagten Teile der Stadt in die Luft, und währenddessen gingen die Bombenangriffe vom Himmel weiter. Das Meer war plötzlich voll mit Hunderten amerikanischer Schiffe. Immer mehr Feuer, an allen Ecken und Enden. Für uns ging es darum, uns die Freiheit zurückzuholen, für ihn ums Überleben. Und das hing nun ab von einem, der ihn verraten oder selbst verhaftet und getötet werden konnte und nicht mehr zurückkommen würde, um ihm etwas zu essen zu bringen. Wenn er jemanden die Treppe herunterkommen hörte, wusste er nicht, ob ich es war oder das Ende.«

»Was habt Ihr ihm geantwortet, warum habt Ihr ihn nicht verkauft?«

»Weil ich kein Menschenfleisch verkaufe. Weil die Leute im Krieg ihre schlechtesten Seiten zeigen, aber auch die besten. Weil er barfuß gekommen war, ach, wer weiß warum. Ich erinnere mich nicht mehr, was ich ihm geantwortet habe, kann sein, dass ich gar nichts gesagt habe. In dem Moment war die Geschichte zu Ende, und die Warums zählten nicht mehr. Ich hörte seine Gedanken und antwortete, aber er konnte meine nicht hören. Mit den Gedanken der anderen kann man nicht sprechen, sie sind taub.«

»Dann stimmt es also, Don Gaetano, was man über Euch sagt, dass Ihr die Gedanken in den Köpfen der Menschen hört?«

»Es stimmt und auch wieder nicht, manchmal ja, manchmal nein. Zum Glück, denn die Leute haben hässliche Gedanken.«

»Wenn ich etwas denke, könnt Ihr es raten?«

»Nein, mein Junge, bei mir kommen die Gedanken an, die den Leuten durch den Kopf schießen, die, von denen sie selbst nicht wissen, dass sie sie gedacht haben. Wenn du gründlich über etwas nachdenkst, was nur dich betrifft, bleibt es bei dir. Aber Gedanken sind wie ein Niesen, sie entschlüpfen unversehens, und dann höre ich sie.«

Darum wusste er über das Leben der anderen Bescheid, darum war an ihm diese Traurigkeit, die aufs Schlimmste gefasst war, und er hatte nur ein halbes Lächeln, um sie zu verscheuchen. An seinen Augenwinkeln öffneten sich Falten, aus denen die Melancholie herausrann.

»Dachte der Jude viel?«

»Er dachte, ja. Nicht wenn er las, aber sonst immer, an das Heilige Land, an ein Schiff, um dort hinzukommen. Europa ist für uns verloren, hier gibt es kein Leben, dachte er. Und er stellte sich das Beispiel eines Gürtels vor. Wir, dachte er, sind ein Gürtel um die Taille der Welt. Mit der Heiligen Schrift sind wir der Lederriemen, der ihr die Hosen hält, seit Adam erkannte, dass er nackt ist. Viele Male schon hat die Welt sich den Gürtel abnehmen und ihn wegwerfen wollen. Er sitzt ihr zu eng. Ich erinnere mich genau an diesen Gedanken, den dachte er oft. Als er wieder heraus ins Freie kam, hielt er sich nicht mehr auf den Beinen. Er ging zurück zu seiner Wohnung, aber man hatte sie besetzt. Eine Familie hatte sich bei ihm einquartiert und sogar das Schloss ausgetauscht. Ich bin hingegangen, um mit ihnen zu reden, und dann haben sie die Wohnung geräumt, aber sie haben alles mitgenommen, sogar die elektrische Leitung haben sie aus der Wand gerissen.«

»Wie habt Ihr sie überredet?«

»Wir hatten Waffen, wir hatten ja gegen die Deutschen gekämpft. Ich bin nachts hin, habe das Türschloss aufgeschossen, bin rein und habe gesagt, dass ich am nächsten Tag wiederkomme und die Wohnung dann leer sein muss. So ist es gewesen. Er ist in seine Wohnung zurückgekehrt, aber wenige Monate später hat er sie verkauft und ist nach Israel gegangen. Er kam zur Hausmeisterloge, um sich von mir zu verabschieden. Die Stadt war noch voller Schuttberge. ›Ich nehme einen Stein aus Neapel mit. Ich setze ihn in die Mauer des Hauses ein, das ich in Israel haben werde. Dort bauen wir mit den Steinen, die man auf uns geworfen hat.‹«

Ich hörte zu, spielte Karten, verlor. Abends schrieb ich auf, was ich von Don Gaetano Neues gelernt hatte. Auch die Stadt war eine Schule. Ich mochte es nicht, wenn im Sommer der Unterricht aufhörte. Die Schüler waren froh, ich nicht. Ich tröstete mich mit den Büchern von Don Raimondo, vergilbtes Papier, das er an sich nahm, wenn jemand Bücher loswerden wollte.

»Da braucht ein Mensch ein ganzes Leben, um die Regale zu füllen, und seine Kinder können es nicht erwarten, sie leerzuräumen und alles wegzuwerfen. Was stellen sie denn in die leeren Regale, *caciocavallo* vielleicht, Käselaibe? Hauptsache, Ihr schafft mir die Bücher vom Hals, sagen sie zu mir. Aber darin steckt doch das Leben eines Menschen, seine Leidenschaften, Ersparnisse und Entbehrungen, seine Genugtuung, die eigene Bildung Zentimeter für Zentimeter wachsen zu sehen wie eine Pflanze.«

»Don Raimondo, ich kann Euch keinen Gegendienst dafür erweisen, dass Ihr mich lesen lasst, ohne zu bezahlen.«

»Das macht nichts, du bringst mir die Bücher abgestaubt zurück. Wenn du groß bist, kommst du sie bei mir kaufen.«

Im Sommer wurde die Stadt leichter, nachts kam sie auf die Gassen heraus, um durchzuatmen. Ich spielte mit Don Gaetano im Hof Karten, ohne ein einziges Spiel zu gewinnen.

»T'aggia 'mpara e t'aggia perdere«, wenn ich es dir beigebracht habe, werde ich dich lassen müssen. Das war sein Spruch am Ende des Spiels. Es war eine Tatsache, so würde es geschehen. Mit der Stadt wäre es das Gleiche, sie musste mein Lehrer sein und mich dann gehen lassen. Nach den Partien kehrte ich zurück in meine Kammer, um die gelernten Dinge festzuhalten. Er war seltsam, der Gedanke des Juden über den Gürtel. Ich überprüfte meinen eigenen, er war nicht eng, trotzdem lockerte ich ihn um ein Loch. Obwohl die Welt sich eingeschnürt fühlte, konnte sie den Gürtel nicht loswerden. In die Zeit vor der Heiligen Schrift konnte sie nicht zurückkehren. Ich hatte gelesen, dass die Welt neidisch auf den Juden war, weil er auserwählt war.

In diesem Krieg war er als Zielscheibe auserwählt worden. Der unter der Stadt eingeschlossene Mann schickte sogar von dort eine Nachricht. Warum hatte er, als er aus seinem Versteck herauskam, die Bücher nicht mitgenommen, nicht einmal die Bibel?

»Ich habe ihn darauf hingewiesen, dass er den Packen zurückließ. Er entgegnete, die Bücher könnten jemand anderem nützen. Auch die Bibel? Da zitierte er mir einen Vers, der darin steht: Nackt bin ich aus meiner Mutter Leib gekommen, nackt fahre ich dahin zurück. Er wollte damit sagen, dass das Versteck für ihn der Ort einer zweiten Geburt gewesen war. Er musste ohne Gepäck herauskommen.«

»Don Gaetano, habt Ihr einen Heiligen versteckt?«

»Er war nicht heilig, ich habe gehört, wie er mit Gott stritt, ihm sagte, sein Glaube sei eine Verdammnis. Wir sind durch die Beschneidung gezeichnet, wir tragen die Anklage auf den Körper geschrieben. Der Unsere hat uns den Atem genommen und uns den Schlamm gelassen. So nannte er Gott, den Unseren. Er war kein Heiliger, sondern einer, der mit diesem Unseren stritt.«

»Dann seid Ihr der Heilige, denn Ihr habt Euer Leben riskiert, um einen Unbekannten zu verstecken.«

»Du willst unbedingt einen Heiligen finden. Es gibt keine, so wenig wie Teufel. Es gibt Menschen, die ein paar gute Taten tun und eine Menge böser. Um Gutes zu tun, ist jeder Moment recht, doch für Böses braucht man Anlässe, günstige Gelegenheiten. Der Krieg ist die beste Gelegenheit, um Böses zu tun. Er gibt die Erlaubnis dazu. Für eine gute Tat braucht man keine Erlaubnis.«

Wenn ein Straßenverkäufer in den Hof kam, zeigte sich Don Gaetano, grüßte. Oft kam *o'sapunaro*, der Lumpensammler, mit dem Karren, den er selbst zog. Der Mann war mehr breit als hoch, und er gab keine Ruhe, bis sich alle Leute aus dem Haus am Fenster zeigten. Er hatte eine Stimme, die Tote aufwecken konnte. Don Gaetano hatte ihm einen Spitznamen gegeben: das Jüngste Gericht. Er brachte ihm eine Flasche Wasser, die trank der Lumpensammler zwischen seinen Rufen aus.

»Don Gaeta', erinnert Ihr Euch an die Barrikade in Via Foria?«

Das war seine Visitenkarte. Er hatte zusammen mit zwei Frauen einen Straßenbahnwagen umgekippt, um die deutschen Panzer aufzuhalten.

»*Nuie simmo robba bona*. Wir haben das Zeug dazu.«

Wenn Don Gaetano sich auf dem Karren des Lumpensammlers ansah, was die Leute wegwarfen, verstand er die Wirtschaft.

»Wir sind dabei, feine Leute zu werden, da haben sie doch tatsächlich eine alte Badewanne weggeworfen, sogar die Matratzen aus Wolle schmeißen sie weg, weil sie die mit Federkern gekauft haben. Nähmaschinen mit Pedal werfen sie weg. Sie glauben an den elektrischen Strom wie an das ewige Leben, und was ist, wenn es keinen mehr gibt?«

Es war ein garstiger Sommer, die Luft war fast kalt. Im Juli lag Schnee auf dem Gipfel des Vulkans. Die Leute spielten beim Lotto die Zahlen, die Schnee bedeuten, und sie wurden prompt gezogen. Es gab große Gewinne. Im Jahr davor hatte ein Schuhmacher einen echten Vierer getippt. Ich fragte Don Gaetano, ob Gedanken mit den Lottozahlen bei ihm ankamen. Er machte eine Handbewegung, als würde er eine Fliege verscheuchen. Gab es vielleicht einen Kniff? Konnte man lernen, die Gedanken der Leute zu hören?

»Erst mal nenn sie nicht die Leute, es sind einzelne Personen, jeder für sich. Wenn du sie Leute nennst, achtest du nicht auf den Einzelnen. Die Gedanken der Leute kann man nicht hören, jedesmal nur die von einer einzelnen Person.«

Das stimmte, bis jetzt hatte ich nicht auf den Einzelnen geachtet, für mich waren sie alle die Leute. In diesem Sommer lernte ich, von der Portierloge aus die Hausbewohner wiederzuerkennen. Als ich ein kleiner Junge war, hatte mir nur das Mädchen im dritten Stock hinter dem Fenster etwas bedeutet, ich wusste nicht einmal, wie ihre Eltern aussahen. Sie war verschwunden, danach hatte ich kein Interesse mehr daran, die Bewohner des Hauses zu kennen.

»Nun sagt doch, kann man nicht lernen, was Ihr könnt, Don Gaetano? Gibt es keinen Trick?«

»Selbst wenn es einen gäbe, würde ich ihn dir nicht verraten. Es ist nicht gut, zu wissen, was den Menschen durch den Kopf geht. Da kommen und gehen viele üble Absichten, die dann doch nicht ausgeführt werden. Wenn ich sage, was der eine über den andren denkt, gibt es einen Bürgerkrieg.«

»Dann hört Ihr nur zu und greift nicht ein?«

»Manchmal gehe ich dazwischen. Du hast von den Gewinnen mit den Schneezahlen gehört, die die Lottobank fast in den Bankrott getrieben hätten. Einer, der im Haus oben am Ende der Gasse wohnt, hat richtig getippt, aber er hat seiner Frau nichts davon gesagt. Ich habe ihn zu mir gerufen und gesagt: Das ist nicht in Ordnung. Was?, fragt er. Man bringt nicht nur die Schulden nach Hause, sondern auch die guten Nachrichten.«

»Und was hat er getan?«

»Er ist ein Zicklein und Wein kaufen gegangen und hat von seinem Gewinn erzählt.«

»Und wenn etwas für Euch nützlich sein konnte, ein Gedanke, der Euch einen Vorteil gebracht hätte?«

Don Gaetano blickte mich finster an.

»Wenn du eine Geldbörse findest, bringst du sie dem zurück, der sie verloren hat?«

»Das ist mir noch nicht passiert, ich weiß es nicht. Wenn ich so ohne Erfahrung antworten soll, sage ich: Ja. Aber genau kann ich es erst wissen, wenn es mir passiert. Ich weiß nicht im Voraus, wie ich mich verhalte.«

»Du bist ehrlich. Wenn ich auf den Gedanken eines anderen stoße, der mir nützlich sein könnte, stecke ich ihn mir nicht in die Tasche. Ich lasse ihn da, wo er ist. Ich kann ihn ja nicht zurückgeben und sagen: Hör mal, du hast einen Gedanken verloren, aber ich tue so, als hätte ich nichts gehört.«

»Ich würde gerne die Gedanken der anderen kennen.«

»Ausgerechnet du, der nicht mal die drei verdeckten Karten der letzten Runde weiß. Lern du erst Karten spielen.«

Auch Don Gaetano hatte keine Familie. Im Waisenhaus aufgewachsen, kam er ins Seminar, weil er Priester werden sollte. Aber man sagt, dass er sich in ein Mädchen von der Straße verliebte und die Soutane auszog. Zwanzig Jahre lang war er weit weg, in Argentinien. 1940 kam er zurück, rechtzeitig für den Krieg. Das war es, was ich von ihm wusste, vor dem Sommer unserer Vertrautheit.

»Du mochtest dieses Mädchen im dritten Stock. Du hast oft in ihre Richtung hinaufgeschaut.«

»Ich habe versucht, auf mich aufmerksam zu machen, wie Kinder es tun. Aber plötzlich verschwand sie. Wisst Ihr, wohin sie mit ihrer Familie gegangen ist?«

»Ich weiß, wo sie jetzt ist. Sie ist nach Neapel zurückgekehrt und hat sich mit einem Jungen zusammengetan, einem von der Camorra, der hinter Gittern sitzt. Sie war nichts für dich.«

Das Wiederaufleben dieser einsamen Zeit, die Erinnerung an mich als Kind, als ich ihr Gesicht hinter dem Fenster suchte, als ich die Treppen hinaufstieg, in der Hoffnung, ihr zu begegnen – ich fuhr mir mit den Fingern über die Nasenwurzel, um zwei verstohlene Tränen zu erwischen. Von Zuneigungen, die sich in der Kindheit fest verwurzelt haben, kann man sich nie wieder lösen. Abends schrieb ich Don Gaetanos Satz auf: Lern du erst Karten spielen. Und was dann? Wenn ich spielen lernte, würde ich dann Gedanken hören können? Fragen durfte ich nicht, der Satz musste genügen.

Als Don Gaetano Kind war, gab es im Waisenhaus niemanden, der Geschichten erzählte, also dachte er sich selbst welche aus. Am kleinen Ofen des Schlafsaals erfand er das Leben von Tieren, Königen und Vagabunden. Die Kinder wärmten und sättigten sich durch die Ohren. Er erzählte im Dialekt.

»Das Neapolitanische ist dafür gemacht, du sagst etwas, und man glaubt dir. Im Italienischen gibt es Zweifel: Habe ich richtig verstanden? Das Italienische ist gut dafür, das aufzuschreiben, wofür man keine Stimme braucht, aber um etwas zu erzählen, braucht man unsere Sprache, die die Geschichte ordentlich zusammenhält und anschaulich macht. Das Neapolitanische ist voller Bilder, es öffnet die Ohren und auch die Augen. Den Kindern habe ich vom Leben draußen erzählt. Niemand kam uns besuchen, nicht mal am Sonntag. Ein Kind, das ohne Liebkosung aufwächst, bekommt eine dicke Haut, es spürt nichts, auch Schläge nicht. Ihm bleiben nur die Ohren, um die Welt zu erlernen. Es wurde viel geschrien bei uns, aber niemand weinte. Draußen weinten die Kinder, im Waisenhaus konnte keiner weinen. Nicht mal, wenn einer von uns starb, das war normal. Das Fieber kam, glühte, und dann löschte es aus. Die Lust zu lachen, zu spielen blieb. Wenn es kalt war, bildeten wir den Haufen, *'o muntone*. Wir umarmten uns alle fest, sodass wir einen einzigen Körper bildeten. Wir wechselten uns ab, wer außen war, kam dann nach innen. Wir erfanden die Wärme und freuten uns darüber. Es genügte, wenn einer schrie *'o muntone*, schon sprangen wir alle aufeinander und bildeten den Haufen.

Die großen Fenster des Waisenhauses gingen auf den Hof, die zur Straße waren zugemauert, einer von uns war hinuntergesprungen, um wegzulaufen. Ich war der Einzige, der nachts über das Tor klettern konnte. Ich war schmal wie du, ich ging in die Stadt, mischte mich unter die Menge, die nachts auf den Beinen ist. Ich ging zum Hafen, Schiffe gefielen mir. Als ich ungefähr dreizehn war, freundete ich mich mit einer Prostituierten an, die so alt war wie ich. Ich half ihr ein bisschen, warnte sie, wenn Polizei in der Gegend war. Wenn das Mädchen fertig war und ich zurückmusste, kaufte sie mir eine Tasse

Milch und ein Brioche. Wir ähnelten einander, ein Bruder und eine Schwester, die sich begegnet waren. Dann fand sie einen, der sie heiratete, und ging in den Norden. Nachts ist die Stadt schön. Sie ist voller Gefahren, aber auch voller Freiheit. Die Schlaflosen sind auf die Straßen, die Künstler, die Mörder und die Spieler, Osterien, Garküchen und Cafés sind geöffnet. Man grüßt sich, die Leute, die nachts leben, kennen einander. Jeder vergibt dem anderen seine Laster. Das Tageslicht klagt an, das Dunkel der Nacht erteilt die Absolution. Nachts kommen die Verwandelten heraus, Männer, wie Frauen gekleidet, denn so will es ihre Natur, und niemand belästigt sie. Nachts fordert niemand Rechenschaft. Die Krüppel, die Blinden, die Lahmen kommen heraus, die tagsüber abgewiesen werden. Nachts ist die Stadt wie eine umgekrempelte Tasche. Auch die Hunde kommen heraus, die, die kein Zuhause haben. Sie warten die Nacht ab, um nach Essensresten zu suchen, so viele Hunde überleben hier ohne Menschen. Nachts ist die Stadt ein zivilisierter Ort.

Ich hatte Quecksilber in den Beinen, lief überall hin, stillte meinen Hunger. Es heißt, die Beine, nicht die Zähne ernähren den Wolf. Tagsüber floss das Quecksilber in die Geschichten, die ich den Kindern erzählte. Keiner hier hatte einen Namen, wir haben sie uns erfunden. Einer hieß *Muorzo*, der Biss, weil er keine Zähne hatte, ein anderer, der hinkte, hieß *'o treno 'e Foggia*, der Zug aus Foggia, weil er immer zu spät war, einer hieß *Suonno*, Schlaf, weil er im Stehen schlief, einer war *Scisco*, weil er pfeifen konnte wie ein Straßenverkäufer, und ich war *'o nonno*, der Großvater, der Älteste. Viele von ihnen hatten noch nie das Meer gesehen, ich erzählte ihnen davon: Es war eine Schaukel aus Wasser, darauf spielten die Schiffe, indem sie von einer Welle zur anderen schaukelten. Die Welle hatte ich ihnen mit einem Betttuch gezeigt.

Für uns dort drinnen gab es nur eine Möglichkeit, in die Schule zu gehen: das Priesterseminar. So bin ich ins Internat gekommen. Auch von dort lief ich nachts weg.

An Sommerabenden spazierten die Leute durch die Straßen in Richtung Meer, um ein wenig durchzuatmen. Das war nicht die nächtliche Stadt, die Don Gaetano kennengelernt hatte, die fing später an, wenn der Spaziergang vorbei war. Wir beide saßen nach dem Kartenspielen im Hof, wo es kühl war, mal schwiegen wir, mal redete er. Diese Stille ließ ihn an ihr Gegenteil denken, den gewalttätigen Sommer '43. Er musste im leeren Hof die Stimme senken, damit sie nicht zwischen den Mauern widerhallte.

»Bevor ich ihn da draußen sah, barfuß und mit den Büchern unterm Arm, wäre mir nicht eingefallen, jemanden zu verstecken. Ich bewahrte da unten ein bisschen Schmuggelware auf und zuletzt die Waffen, die wir der Polizei abgenommen hatten.

Doch als ich ihn am Tor sah, habe ich ihn hereingezogen. Wenn sich während der Fliegerangriffe das Haus leerte und alle in den Luftschutzbunker liefen, ging ich zu ihm hinunter. Ich blieb dort, um aufzupassen, unter den Bomben streiften Gauner durch die Stadt, die in die Wohnungen einbrachen. Sie hatten vor nichts Angst, nicht mal vor dem Bombenhagel, der über der Stadt niederging. Ich besuchte ihn während des Alarms, damit er ein bisschen reden konnte. Dort unten machte der Krieg friedliche Geräusche, die Bomben waren wie das Pochen an ein Tor, der Tuffstein verschluckte den Lärm, und die Explosionen steckte er weg, ohne zu beben. Die Bomben richteten Schaden an, aber die Mauern ließen sie nicht erzittern. Tuffstein ist ein Flugabwehrmaterial.«

»Was habt Ihr da unten geredet?«

»Wir haben Karten gespielt. Ich habe ihm Scopa beigebracht, er begriff es sofort. Er wollte nicht verlieren, anders als du, dir ist es egal. Sein Starrsinn gefiel mir. Einer, der alles verloren hatte, dessen Leben am seidenen Faden eines Unbekannten hing, kämpfte hartnäckig, um bei Scopa nicht zu verlieren. Er war einer, der alles sehr ernst nahm.

›Ihr seid ein zu ernster Neapolitaner‹, habe ich gesagt. Er aber erwiderte: ›Ich und ernst? Ich höre doch gar nicht auf zu lachen hier unten. Draußen herrscht Krieg, meine Leute werden umgebracht, die Stadt, in der ich geboren wurde, liegt in Trümmern, und ich sitze hier unten, als würde ich unter einem Hauseingang warten, bis das Gewitter aufhört. Und Ihr kommt sogar, um mir Gesellschaft zu leisten. Ich lese in der Heiligen Schrift, unsere Propheten, und muss lachen. Hier unten, im Jahr des Heils 1943 für euch und 5704 für uns, ist das eine komische Lektüre. Don Gaetano, ich bin nicht ernst, ich bin tragisch, eine abgelegte Karte des komischen Fachs. Lasst mich wenigstens das Kartenspiel ernst nehmen, das ist eine fast religiöse Kunst. Ja, religiös: Die wichtigste Karte ist die 7, die Zahl, durch die wir Juden das Neue gebracht haben. Es waren die Juden, die die Woche erfanden. Davor richteten sich die Kalender nach dem Mond und der Sonne. Dann hat unsere Gottheit uns gelehrt, dass es sechs Tage gibt und einen dazu. Wir haben die Zahl 7 geheiligt, bevor das Scopaspiel es tat. Im Stapel sind vierzig Karten, wie die Jahre in der Wüste zwischen der Flucht aus Ägypten und dem Einzug ins Gelobte Land. Und dann gibt es den *spariglio*, den unpaarigen Stich, eine Variante des Stichs mit einer gleichwertigen Karte. Man kann mehrere Karten nehmen, wenn ihre Summe der gespielten Karte entspricht. Das ist eine Erfindung, die in der Natur nicht vorkommt. Die Natur sucht nach Paaren, das Scopaspiel nach unpaarigen Kombinationen. Der Kartengeber möchte alles paarig halten, sein Gegner nicht. Es ist ein Kampf zwischen Ordnung und Chaos. Lasst mich das Scopaspiel ernst nehmen.«

»Wenn er so redete, verschlug es mir die Sprache, und mir lief es kalt den Rücken runter.«

»Das geht mir genauso, wenn ich höre, wie gut Ihr Euch an seine Worte erinnern könnt. Ich muss sie mir noch am selben Tag aufschreiben, um sie nicht zu vergessen, Ihr habt sie fast zwanzig Jahre später noch im Gedächtnis.«

»Das liegt am Spiel, wenn du die unpaarigen Kombinationen im Kopf behältst, erinnerst du dich auch an die Gedanken. Von den Besuchen kam ich benommen zurück. Draußen war September '43 und dort unten ein Monat im Jahr 5704 des jüdischen Kalenders. Dort unten war ein Mann aus uralter Zeit, ein Zeitgenosse Moses und der Pharaonen, dem das Schicksal bestimmte, ein Zeitgenosse der Nazis zu sein. Bloß gut, dass ich ihn dort unten nicht lachen hörte. ›Don Gaetano, lasst es mich wissen, wenn Ihr am helllichten Tag die Sterne seht.‹ Draußen holten sich die jungen Männer Waffen aus den Kasernen und versteckten sie. Eine Gruppe mit einem, der als Carabiniere gekleidet war, hatte das Zeughaus in der Festung Sant'Elmo geleert. Unterdessen plünderten die Deutschen die Kirchen und jagten die Brücke San Rocco in Capodimonte in die Luft. Die im Viertel Sanità konnten wir retten, indem wir den Sprengstoff herausholten, und dasselbe machten wir beim Aquädukt. Sie wollten die Stadt zerstört hinterlassen. Unser Aufstand hat sie gerettet.

Zusammen mit dem Guten keimte das Schlimmste auf. Anständige Leute begannen, gegen Wucherzins

Geld zu verleihen, Mädchen aus gutem Hause wurden zu Nutten der Deutschen. Die als Draufgänger galten, waren die Ersten, die in den Luftschutzbunker flohen. Die Deutschen und die Faschisten gebärdeten sich immer schlimmer, denn der Krieg hatte sich gegen sie gewandt. Die Landung der Alliierten in Salerno war gelungen. Sie sprengten Fabriken, plünderten die Lagerhäuser, um eine große Leere zu hinterlassen. In den letzten Septembertagen machte die Stadt Angst, denn man sah den Hunger und die Erschöpfung in den Gesichtern der Menschen. Wer noch etwas hatte, aß im Verborgenen. Die Deutschen inszenierten einen Zwischenfall: Sie brachen einen Laden auf, dann forderten sie die Leute auf, ihn zu plündern. Als die Menge sich in das Geschäft stürzte, schossen sie in die Luft und filmten das Ganze mit einer Kamera. Es war für ihre Propaganda bestimmt: Deutsche Soldaten schreiten ein, um Plünderungen zu verhindern. Das ist passiert, Junge, an einem dieser schönen Septembertage.«

Auf zwei Stühlen im Hof sitzend, blickten wir nach oben, wo die Stadt aufhörte und wer weiß was anfing, vielleicht das Universum. Es war ganz nah, ein von Balkonbrüstungen umrahmter freier Platz. Don Gaetano schaute hinauf, hatte die Hände verschränkt und atmete tief. Auch ich bog den Hals zurück: Das Feld über den Balkonen bewegte sich im Kreis, sehr langsam, aber mir wurde schwindlig.

Die Augen, die auf der Erde nicht weiter reichten als bis zum Umkreis des Horizonts, konnten die Planeten sehen. Der Himmel musste einem ja zu Kopfe steigen, ließ er einen doch glauben, man könne hinauf.

»Jede Nacht kamen die Bombenflugzeuge, die ganze Stadt war ununterbrochen auf den Beinen, sie schrie nicht, sie rannte und sparte den Atem. Die Explosionen der deutschen Bomben waren von den Fliegerangriffen der Amerikaner nicht mehr zu unterscheiden, die Sirene heulte erst, nachdem die Luftabwehr zu schießen begonnen hatte.«

Dann fiel ihm eine kuriose Szene ein, und er musste lächeln. »Ein junger Mann ging eingehakt mit einem Mädchen, als die Sirene heulte. Allein wollte er nicht fliehen, aber sie konnte auf hohen Absätzen nicht laufen, und so sah man ihn, der sie zog, und sie, wie sie hinterherstolperte und schrie: ›Lass mich los, lass mich los!‹ Aber nein, er musste sie unbedingt hinter sich herziehen. Die Mädchen waren mutiger. Dann bewährten sich die Jungen in den letzten Septembertagen. Männer brauchen besondere Momente, um ihre Tapferkeit zu zeigen. Frauen sind in normalen Zeiten tapferer, wenn man dieses Jahr 1943 eine normale Zeit nennen konnte.

Nach den Luftangriffen kamen die Menschen aus den Bunkern und fanden ihr Haus nicht mehr. Die Gesichter derer, die von einem Moment zum anderen nichts mehr besaßen: Ein alter Mann hatte sich auf die Trümmer seines Hauses gesetzt und starrte in die Luft. Als ich näher kam, sagte er: ›Ich schau in den Himmel, um zu sehen, wo ich unterkommen kann. Denn hier auf der Erde hab ich nichts mehr.‹ In den eingestürzten Häusern suchten die Menschen nach Dingen, die sie retten konnten. Sie stöberten herum, gingen von einem Zimmer ins nächste durch die Türen, obwohl die Wände nicht mehr standen. In der Küche kontrollierten sie, ob sie das Gas abgestellt hatten, dann hoben sie den Kopf und sahen den Himmel, der zur Zimmerdecke geworden war. Dieser unverschämte Himmel im September '43: ein Tischtuch mit bestickten Säumen, frisch und sauber, ohne ein Staubkörnchen, ohne einen Fleck. He, du ewiges Dunkelblau, komm mal runter auf die Erde, Himmel, wir machen einen Tausch, du nimmst dir den Dreck mit nach oben und breitest dein Tischtuch hier unten aus. Der frechste, entfernteste Himmel war das, nicht wie der hier, der gleich über dem Balkon anfängt. Als der Regen kam, begann der Aufstand. Es war, als hätte die Stadt auf ein verabredetes Zeichen gewartet, darauf, dass der Himmel sich verschloss. Und die Amerikaner hörten auf, die Stadt zu bombardieren.

Der Jude fragte mich, wie das Wetter sei. Ich antwortete, es gebe kein Wetter, denn es änderte sich nicht, es ließ keinen einzigen Tropfen auf den Staub fallen. Es herrschte Wassermangel, die Frauen holten mit Eimern Wasser aus dem Meer, um wenigstens ein Kleidungsstück waschen zu können. Auch dem Juden gefiel das dauerhaft schöne Wetter nicht. Er fragte mich, ob man tagsüber einen Stern sehen konnte, er wartete auf ein Zeichen.

›Die Leute mögen sonnige Tage, mir machen sie Angst. Bei heiterem Himmel geschehen die schlimmsten Dinge. Wenn das Wetter schlecht ist, verschiebt man eine böse Tat. Scheint die Sonne, ist alles möglich. Wenn ich es bis zum Herbst schaffe, will ich unter dem ersten Regenguss tanzen.‹

›Im Herbst wird der Krieg vorbei sein, die Amerikaner sind in Salerno.‹ Ich sagte ihm nicht, dass sie schon in Sichtweite waren, er hätte die Dummheit begehen können, herauszukommen. Ich hörte seine Gedanken: ›Der Freiheit nahe zu sein und sie nicht sehen können, hier unten eingeschlossen, mit der Ungewissheit, ob dies die Rettung oder eine Falle ist. Die Tür geht auf, und sie kommen herunter, um mich zu holen.‹ Nicht einmal in seinen Gedanken wollte er sich vorstellen, dass ich ihn verraten konnte. Wenn nicht ich, dann einer aus dem Haus, der es begriffen hatte. Er fragte, ob jemand von dem Versteck wisse. Meine Beteuerungen konnten ihm nicht genügen.

›Dies ist keine gute Zeit, um jemandem zu vertrauen, und ich sage Euch nicht, vertraut mir. Ich sage, lasst Euch nicht von bösen Gedanken beherrschen, und geht nicht nach draußen, um einen sicheren Ort zu suchen, denn es gibt keinen. Wenn Ihr hier rausgeht, erschießen sie Euch auf der Stelle.

Oberst Scholl hat den Befehl erlassen, dass alle Männer zwischen achtzehn und dreiunddreißig Jahren sich in der Kaserne melden müssen, andernfalls werden sie erschossen. Von den dreißigtausend, die er erwartet hatte, sind einhundertzwanzig angetreten.‹

Verstehst du jetzt, was das für ein Krieg war, Junge? Es starben mehr Unbewaffnete als Soldaten. Auf der Straße hörte ich immer öfter die Gedanken der Menschen: Warum bleiben sie in der Stadt, warum kämpfen sie nicht? Warum quälen sie die armen Leute hier, statt an die Front zu gehen? Diese Gedanken hatten in einem einzigen Kopf angefangen. Es ist beeindruckend, wenn die Menschen zu einem Volk werden. Und dann, eines schönen Tages an einem Sonntag Ende September, fängt es endlich an zu regnen, und ich höre in aller Munde dasselbe Wort, von demselben Gedanken ausgespuckt: *'mo basta*, jetzt reicht's. Es war ein Wind, aber er kam nicht vom Meer, sondern mitten aus der Stadt: *'mo basta, 'mo basta.* Wenn ich mir die Ohren zuhielt, hörte ich ihn noch lauter. Die Stadt zog den Kopf aus dem Sand. *'Mo basta, 'mo basta*, ein Trommelwirbel, und heraus kamen die Jungen mit ihren Waffen. Im Zentrum des Aufstands stand das Gymnasium Sannazzaro, die Schüler waren die Ersten gewesen. Dann kamen die Männer heraus, die sich unter der Stadt versteckt hatten. Sie stiegen aus den unterirdischen Gewölben empor wie Auferstehende. *Dalle 'ncuollo*, ›Alles auf sie!‹, hieß es, und die Straßen wurden mit Barrikaden blockiert. Im Vomero-

Viertel fällten sie die Platanen und hielten damit die Panzer auf. Wir errichteten eine Barrikade in der Via Foria, indem wir etwa dreißig Straßenbahnwagen ineinander verkeilten. Die Stadt schnappte zu wie eine Falle. Vier Tage und drei Nächte, das war Ende September, wie jetzt um die gleiche Zeit.

Die deutschen Panzer konnten an der Absperrung in der Via Foria vorbeikommen, fuhren zur Piazza Dante hinunter und gelangten bis zur Via Roma. Dort wurden sie gestoppt. Giuseppe Capano, fünfzehn Jahre, schlüpfte zwischen den Kettenrädern unter einen Panzer, entsicherte eine Bombe und kam hinten wieder heraus, bevor sie explodierte. Assunta Amitrano, siebenundvierzig Jahre, warf die Marmorplatte einer Kommode aus dem vierten Stock und zertrümmerte damit das Maschinengewehr eines Panzers. Luigi Mottola, einundfünfzig Jahre, Kanalarbeiter, ließ eine Gasflasche explodieren, indem er sie aus einem Gully schleuderte, über den ein Panzer fuhr. Ein Student am Konservatorium, Ruggero Semeraro, siebzehn Jahre, öffnete die Balkontür und begann, die *Marseillaise* auf dem Klavier zu spielen, weil dieses Lied die Leute noch mutiger machte. Der Priester Antonio La Spina, siebenundsechzig Jahre, rief auf der Barrikade vor der Bank von Neapel mit lauter Stimme den Psalm 94, den Psalm der Rache. Der Barbier Santo Scapese, siebenunddreißig Jahre, goss eine Schüssel Seifenschaum auf das Guckloch eines Panzers, worauf der gegen die eisernen Rollläden eines Blumenladens fuhr. Innerhalb von drei Tagen hatten die Neapolitaner eine unfehlbare Treffsicherheit erlangt. Molotowcocktails demolierten die Panzer, ihre Flammen raubten den Fahrern die Sicht. Ich war zum Experten für ihre Herstellung geworden, wenn ich Seifenflocken hineintat, zündeten sie besser. Das Dieselöl hatten uns die Fischer aus dem Mergellina-Viertel gegeben, die wegen der Blockade der Bucht und der Minen nicht mehr aufs Meer hinaus konnten.

Sechs Menschen inmitten einer kampfbereiten Menge ersannen genau die richtige Aktion, um eine gepanzerte Truppe der übermächtigen Armee, die halb Europa erobert hatte, in Schwierigkeiten zu bringen. Es war nicht das erste Mal, dass dies nur sechs Leuten gelang. Schon 1799 wurden die französischen Streitkräfte, die stärksten ihrer Zeit, am Eingang der Stadt von einem Volksaufstand angehalten, nachdem das bourbonische Heer sich aufgelöst hatte. Sechs Personen mit Vor- und Nachnamen, Alter und Beruf verhinderten die Wiedereroberung der Stadt durch die Deutschen. Sechs Personen, vom Schicksal zufällig ausgewählt, führen den Sieg herbei, und alle anderen machen beherzt, wenn auch wenig zielgerichtet mit. Es genügt, dass sechs richtige Leute gleichzeitig in Aktion treten: Dann gewinnt man.«

»Und wo ist dieses Volk jetzt, Don Gaetano?«

»An seinem Platz, es ist nicht weggegangen und hat nicht vergessen. Das Volk setzt sein Zeichen, und gleich danach löst es sich auf, wird wieder zu einer Masse einzelner Menschen. Jeder kehrt wieder zu seinen Angelegenheiten zurück, aber alle sind heiterer als zuvor, denn Rebellionen sind gut für die Stimmung derjenigen, die mitmachen. Die Kämpfe des dritten Tages waren noch erbitterter. Wir mussten zusätzlich die Faschisten aufspüren, die von den Dächern aus auf uns schossen. Sogar während dieser Kämpfe gelang es mir, in das Versteck hinunterzusteigen, um ihm etwas zu essen zu bringen. Am dritten Tag sagte ich ihm im Morgengrauen, wenn ich nicht innerhalb von vierundzwanzig Stunden zurück sei, könne er herauskommen. Er bat mich um einen Gefallen, den ich ihm an diesem Tag tun sollte.

›Geht zum Meer, und werft für mich einen Stein ins Wasser.‹ Ich dachte, er sei nicht mehr ganz richtig im Kopf durch die lange Zeit dort unten. Ich entgegnete, ich wisse nicht, ob ich bis zum Hafen kommen würde, denn die ganze Stadt sei in Aufruhr. ›Das ist einer unserer Riten, morgen ist für uns Neujahr. Wir feiern es im September. Mit dem Stein, der ins Wasser geworfen wird, befreien wir uns von den Sünden. Morgen fängt für uns das neue Jahr an. Möge der Unsere den heutigen Tag zum Tag vor dem Glück machen.‹

Er war richtig im Kopf. Bevor ich beim Kommando der Aufständischen vorbeiging, um Befehle entgegenzunehmen, lief ich hinunter zum Hafen von Santa Lucia, wo die Frauen das Wasser holten, kletterte auf einen Felsen und warf einen schönen schweren Stein ins Wasser. Es war Neujahr für die Juden und musste eigentlich auch für uns Neujahr sein. An diesem Tag verschoss die Stadt ihr bestes Pulver, das Feuerwerk für die Freiheit. Die Deutschen zogen sich zurück, von allen Dächern und Straßenecken aus beschossen und verfolgt. Ihre letzten Kanonenschüsse gaben sie aus Capodimonte ab. Einer davon schlug direkt vor dem Tor unseres Hauses ein, die Explosion ging in den Boden. Der Jude in seinem Versteck wurde von der Pritsche geschleudert und verletzte sich am Kopf. Er riss sein Hemd in Streifen und machte sich einen Verband. So fand ich ihn am Abend, als ich ihm die Nachricht brachte, dass die Deutschen weg waren.

›Und ihr habt gewonnen?‹ Er glaubte mir nicht.

›Auch ihr habt gewonnen.‹

›Das ist der erste gewonnene Krieg seit Judas Makkabäus. Und es ist das erste Mal, dass unsere Stadt einen Krieg gewinnt.‹

›Und es ist auch das erste Mal, dass Ihr Euch den Kopf aufschlagt, weil Ihr aus dem Bett gefallen seid.‹

Er fragte mich, ob ich den Stein ins Meer geworfen hätte. Ja, antwortete ich, so feiert auch die Stadt Neujahr. Ich verarztete seine Verletzung, ich hatte eine Flasche Brandy, um das Ende des Krieges zu feiern, damit säuberte ich die Wunde. Wir tranken ein paar Gläser davon, uns drehte sich der Kopf. Ich kletterte auf allen vieren die Treppe hinauf.

Am nächsten Tag war die Stadt frei. Die Deutschen machten noch einen Versuch, wieder hereinzukommen, aber die Straßen waren blockiert, sie kamen nicht weiter und gaben auf. Er stieg nach oben, auf mich gestützt und mit geschlossenen Augen. Mit dem Verband um den Kopf sah er aus wie einer, der aus dem Jenseits kommt. Die Barrikaden waren niedergerissen, wir gingen zur Uferpromenade. Wie graue Klippen, die aus dem Meer aufgetaucht waren, lagen die amerikanischen Kriegsschiffe in der Bucht. Er stützte sich auf mich und stampfte mit seinen Füßen, die in den deutschen Schuhen steckten, auf das Pflaster. ›Ich will nicht mehr auf Zehenspitzen laufen.‹ Durch die Via Caracciolo fuhren die ersten Kleinlaster mit dem Stern auf der Motorhaube. ›Die Sterne haben die Schlacht geführt, wie es im Lied der Debora heißt, da sind sie, die Sterne am helllichten Tag.‹

›Jetzt macht die Augen auf, nur ein bisschen, einen kurzen Blick.‹

Er schirmte sich die Augen mit einer Hand ab und sah die Ankunft der Freiheit vorüberfahren.

›Ihr seid frei‹, sagte ich, und wir umarmten uns. Alle umarmten sich. Am Tag vor dem Glück waren wir drauf und dran, ihn zu verpassen.«

Während Don Gaetano sprach, blickte ich zum Fenster im dritten Stock hinauf. Für mich war der Tag vor dem Glück noch nicht gekommen. Ich wollte ihn kennen. Ich wollte nicht, dass dieser Tag plötzlich kam und ich es am Tag zuvor nicht merkte.

Sie wussten, dass es der nächste Tag sein musste. Den Rest der Nacht verbrachte ich damit, in der Kammer die Geschichte von Don Gaetano aufzuschreiben.

Im Sommer stehe ich früh auf, ich gehe mit dem Kescher zu den Klippen von Santa Lucia, um Seeigel zu fangen und, wenn ich Glück habe, vielleicht einen Kraken. Ich bleibe ein paar Stunden, bevor die Sonne hinter dem Rücken des Vulkans aufsteigt. Aus den Klubs kommen die Herrschaften, die nach einem nächtlichen Fest heimkehren. In ihren Abendkleidern dem ersten Sonnenlicht ausgesetzt, eilen sie zurück ins Dunkel ihrer Häuser, wie Fledermäuse, die sich verspätet haben. Ich sehe auch den Grafen, der in unserem Haus wohnt und seine Habe an den Tischen im Klub verspielt. Er sieht mich nicht. Die Herrschaften haben einen anderen Blick als wir, wir müssen alles sehen. Sie sehen nur das, was sie sehen wollen. Ich kremple mir die Hosen bis zum Knie hoch und steige zu den Klippen hinunter. Dann tauche ich den Kescher ein, und wenn ich ihn hochziehe, lasse ich ihn am Felsen entlanggleiten. Ich habe Glück und fange etwas, was wir auf den Tisch bringen können. Bevor ich heimkehre, gehe ich bei Don Raimondo vorbei, um ihm das Buch zurückzugeben. Er hat ein neues Buch für mich, von ihm selbst ausgesucht. Don Raimondo ist ein abenteuerlustiger Buchhändler, er fischt ganze Bibliotheken aus den Mülltonnen. Häufiger jedoch holt man ihn in ein Trauerhaus, wo die Wohnung des Verstorbenen ausgeräumt wird.

»Bücher sind stärker von der Persönlichkeit ihres Besitzers geprägt als Kleider und Schuhe. Die Erben wollen sie wie durch einen Exorzismus loswerden, um sich von einem Gespenst zu befreien. Der Vorwand ist, dass man Platz braucht, dass man erstickt in Büchern. Aber was kommt an deren Platz, wo die Wände noch ihre Spuren tragen?«

Don Raimondo sagt zu mir, was er ihnen nicht sagen kann. »Die Leere einer Wand, die eine verkaufte Bibliothek hinterlässt, ist die tiefste, die ich kenne. Ich nehme die ins Exil geschickten Bücher mit und gebe ihnen ein zweites Leben. Wie ein zweiter Anstrich, wie ein Feinschliff, ist das zweite Leben eines Buches das bessere.« Er hat die Bibliothek eines Liebhabers amerikanischer Literatur aufgetrieben. Ich lese gerade schöne Abenteuergeschichten aus diesem Land, wohin so viele Neapolitaner ausgewandert sind. Aber man sieht, dass sie keine Bücher schreiben.

Die Namen der amerikanischen Schriftsteller sind alles Namen, die von dort kommen. Die Amerikaner haben eine sportliche Lebensauffassung: Jeder muss es allein schaffen. Offenbar hat niemand Familie, die einzige Verwandtschaftsbeziehung ist die Ehe. Oder es sind Waisen, die diese Bücher schreiben.

Nachmittags bin ich mit Don Gaetano zuschauen gegangen, wie eine Bombe aus dem Krieg entschärft wird. Einige sind gefallen, ohne zu explodieren. Man hat eine im Hafen gefunden, als Arbeiter ein neues Becken ausgruben. Es war verboten, dorthin zu gehen, aber Don Gaetano kennt die Stellen, wo man durchschlüpft, und so haben wir uns einen guten Aussichtsplatz gesichert. Unterdessen erzählte er weiter von den Tagen der Freiheit.

»Die Faschisten waren verschwunden. Man sah kein einziges schwarzes Hemd mehr auf den Straßen, sie waren alle grau gefärbt. Das war die Farbe des *nuncepenzammocchiù*, des ›Denken-wir-nicht-mehr-dran‹. Bei uns vergisst man das Böse, sobald ein wenig Gutes kommt. Recht so. Ein ordentlicher Applaus für die Amerikaner, und weiter geht's. Eigentlich hätten wir ihren Applaus verdient, weil wir aufgeräumt haben. Mit ihnen fing ich an, Bomben auszugraben. Ich habe dich mitgenommen, damit du siehst, welche Arbeit ich früher gemacht habe. Es gab so viele Bomben, sie waren an den verschiedensten Stellen eingeschlagen. Eine von zehn war beim Aufprall nicht explodiert. Sogar vom Friedhof habe ich welche geholt. Wir gruben ein Loch um die Bombe, dann kam der Sprengmeister, um sie zu entschärfen oder schlimmstenfalls zur Explosion zu bringen. Das war ein Jahr lang meine Arbeit, man verdiente gut. Unter uns Arbeitern nannten wir die Bomben Eier. Es waren die Eier des Krieges, zum Ausbrüten zurückgelassen.

Viele explodierten beim Wegräumen der Trümmer. Ein Arbeiter schlug mit der Spitzhacke zu, und ein Stein, der hochsprang, traf genau auf den Zünder. So ging der Krieg mit den Eiern weiter, die erst später aufgeschlagen wurden. Hinterher fand man nicht einmal mehr einen Finger. Der Luftdruck tötete auch alle, die in der Nähe waren. Er zerstörte die inneren Organe. Von außen schienen sie unversehrt, innen war alles zerfetzt. Ich erzähle dir das, damit du dich eines Tages, wenn du Präsident wirst und eine Kriegserklärung unterschreiben sollst und den Füllfederhalter schon aufgeschraubt hast, um deinen Namen auf das Papier zu setzen, plötzlich an diese Geschichten erinnerst und, wer weiß, vielleicht sagst: Ich unterschreibe nicht.«

»Ich und Präsident? Ich kann keine zwei zusammenhängenden Sätze sagen.«

»Warum nicht? Du kannst zuhören. Das ist die wichtigste Gabe desjenigen, der sprechen muss.«

»Don Gaetano, Ihr bringt mich durcheinander, ich werde niemandem Befehle erteilen, aber Eure Worte werde ich bestimmt nicht vergessen. Hattet Ihr keine Angst bei der Arbeit mit den Bomben?«

»Heute würde ich es nicht mehr tun. Damals fühlte man sich verpflichtet, beim Wegräumen der Zerstörung mitzuhelfen. Ich eignete mich gut für diese Arbeit, ich hatte niemanden. Niemand würde meinetwegen Trauer tragen. Dieser Gedanke lässt dich leicht werden. Mit mir arbeiteten Familienväter, die sich ihren Lohn mit zitternden Knien verdienen mussten. Bei jedem Schlag mit der Spitzhacke riefen sie alle Heiligen an. Manche machten diese Arbeit, weil sich unter den Trümmern Wertsachen befanden. Wenn etwas Kostbares zum Vorschein kam, musste man den Bauleiter rufen und ihm die Sachen aushändigen. Es herrschte das Kriegsrecht, wer persönlichen Vorteil suchte, konnte große Schwierigkeiten bekommen, aber es gab trotzdem welche, die es riskierten und was versteckten.«

Vor unserem Beobachterposten auf der Klippe sah man den Schwanz der Bombe. Ein Mann in Uniform machte sich daran zu schaffen.

»Er entschärft sie. Die Zünder sind in einem guten Zustand, nicht verrostet. Beim Abschrauben können sie Funken schlagen. Einmal hatte sich eine Bombe direkt in einen Fahrstuhlschacht gebohrt. Die Mauern ringsum konnte man nicht niederreißen, zum Entschärfen musste man von oben herunterklettern. Der amerikanische Sprengmeister weigerte sich. Ich trat vor, ich kannte den Mechanismus. Wenn ihr mir seinen Lohn gebt, gehe ich da rein. Sie ließen mich an einem Seil hinunter, ich schraubte den Zünder ab und zog ihn heraus. Dort unten herrschte eine Stille wie in unserem Versteck. Es war Winter, aber in dem Schacht hatte man es warm. Ich war zwischen der Bombe und den Kabeln des Fahrstuhls eingeklemmt, aber ich saß bequem. Draußen hatten sie das ganze Haus evakuiert, sie warteten auf mich. Ich ruhte mich aus, es war besser, wenn ich so tat, als benötigte ich mehr Zeit, so sah die Arbeit schwieriger aus. Ich schlief ein, und als ich aufwachte, wusste ich nicht mehr, wo ich war. Zwei Stunden waren vergangen, ich zog am Seil, und sie hievten mich sehr langsam nach oben, denn ich hielt den Zünder in der Hand.«

Vor uns bewegte sich der Sprengmeister auf dem Rücken der Bombe. Ich sah Ahab auf *Moby Dick*.

»Keine bösen Gedanken«, sagte Don Gaetano, der mich gehört hatte.

»Er schafft es.« Wir sahen den Mann aufstehen und mit einem Gegenstand unter dem Arm fortgehen. Dann kehrten wir nach Hause zurück. Es war ein Sonntagnachmittag im September, die Leute waren unterwegs zum Hafen, um frische Luft zu schnappen. Wir stiegen zur Gasse hinauf. Bevor wir einbogen, drehten wir uns um und schauten auf die Stadt. Mitten in der Bucht lag ein amerikanischer Flugzeugträger vor Anker, um ihn herum flitzten Hunderte kleiner Segelschiffe zwischen den Bojen um die Wette. So viel Meer ringsum, aber sie drängten sich alle auf engstem Raum. Auch die Geschichten von Don Gaetano waren viele und steckten alle in einem einzigen Menschen. Er sagte, das hinge damit zusammen, dass er ganz unten gelebt habe, denn Geschichten sind wie Wasser, die in die Tiefe stürzen. Ein Mensch ist ein Sammelbecken für Geschichten, je weiter unten er lebt, desto mehr empfängt er.

Die Leute im Haus begannen Don Gaetano zu fragen: »Habt Ihr Euch einen Gehilfen besorgt?« Ich teilte die Post aus, ich vertrat ihn, wenn er für Handwerksdienste in eine Wohnung gerufen wurde.

Don Gaetano verstand sich auf alle Arten von Reparaturen. Er hatte eine ruhige Hand und war geschickt. Wie unter seinen Fingern der Schaden behoben wurde, das war schön anzusehen. Sogar wenn geeignetes Material oder Werkzeug fehlte, löste er das Problem.

»Don Gaeta', unterm Fenster zieht's, davon krieg ich Schmerzen hinten an den Nieren, diese, wie sagt man gleich, diese Fliegerschmerzen, und der Schreiner will nicht kommen.« Er eilte gleich zu Hilfe, das war seine Antwort.

»Seid unbesorgt, es gibt für alles eine Lösung. Sonst könnten wir uns ja nicht mehr die Nase putzen, sobald der Taschentuchmacher stirbt. Ich bin sofort bei Euch.«

Es gab noch eine frechere Version: »Dann könnten wir nicht mehr kacken, wenn der Mann stirbt, der die Nachttöpfe macht.« Don Gaetano zog die mit den Taschentüchern vor. Er nahm Zeitungspapier, machte es nass und drückte die Klumpen in die Stellen, wo es durchzog. Das war besser als Mörtel.

Ich lernte nachts, die Schule war leicht, ich war gut in allen Fächern. Es waren Schachteln, in denen ich das wiederfand, was ich hineintat. Mit siebzehn kannte ich noch kein Mädchen. In meinem Kopf hatte ich das kleine Mädchen aus dem dritten Stock, das unterdessen in mir herangewachsen war. Auf der Straße schaute ich die Mädchen an auf der Suche nach der, die sie sein konnte. Sie hatte sich zu verschiedenen Möglichkeiten vervielfacht. Sie war die für mich vom Schicksal Vorherbestimmte, aber das Schicksal kann vom Weg abkommen, es ist keine Gewissheit, die unbedingt eintreten muss. Das Schicksal ist eine Seltenheit. Eines Tages hatte ich zum dritten Stock hinaufgeschaut, und sie war nicht mehr da. Da hatte eine Stille meinen ganzen Körper ergriffen. Ich sprach leise, atmete flach, ging auf Zehenspitzen. Als Antwort auf die geschlossenen Fensterläden war mir eingefallen, kein Geräusch zu machen. Meine Entdeckungsreisen, meine Suche nach einem verborgenen Schatz endeten ebenfalls. Offenbar hatte mich das Fenster im dritten Stock zu Abenteuern angetrieben.

»Du hättest im Mittelalter leben müssen, zur Zeit der fahrenden Ritter«, sagte Don Gaetano, der meine Gedanken hörte.

Auch heute noch ist Mittelalter, antwortete ich im Geist. Die Stadt enthält alle Zeitalter. Das Haus und seine Bewohner sind das Mittelalter, das sich die Hosen der Gegenwart angezogen hat. In der Stadt stimmen sie noch für den König, aber nicht für den Savoyer, nein, sie stimmen für Roger den Normannen.

Unsere nachmittägliche Partie Karten wurde regelmäßig unterbrochen. Die Witwe im zweiten Stock rief Don Gaetano, immer gingen in ihrer Wohnung Dinge kaputt. Don Gaetano überließ mir seine Hausmeisteraufgaben und stieg mit der Werkzeugkiste hinauf. Sie war eine schöne Frau, dunkel wie die Brombeeren im September, trug strenge Trauerkleidung und sprach mit heiserer Stimme hinter ihrem schwarzen Schleier. Ein anderer regelmäßiger Besuch war der Graf, der seine Habe im Klub verspielte. Eine letzte Wohnung war ihm geblieben, in der er lebte. Seine Frau, eine tüchtige Schneiderin, nähte Kleider zu Hause, und er ging spielen. Keinen einzigen Tag in seinem Leben hatte er gearbeitet.

»Nie, Don Gaetano, nie hat einer aus unserem Geschlecht gearbeitet. Und da soll gerade ich meine Familie entehren?«

»Das möge nie geschehen«, antwortete Don Gaetano.

»Und der Junge, kann der spielen?«, fragte er.

»Nein, er ist eine Pfeife.«

»Schade, doch Ihr seid ein Ausnahmespieler, ich kenne keinen, der Euch ebenbürtig wäre. Wollt Ihr mir denn nicht die Ehre erweisen, mit mir zusammen gegen zwei andere Scopone zu spielen? Wir beiden würden die Bank im Klub sprengen.«

Es war aussichtslos, doch der Graf gab nicht auf.

»Eventuelle Verluste gehen auf mein Konto, und die Gewinne werden geteilt. Zusammen mit Euch mache ich im Klub alle fertig. Gewährt mir die Ehre und die Genugtuung.«

Don Gaetano entschuldigte sich und sagte, er könne nicht in einen feinen Gesellschaftsklub gehen, und um ihn zu versöhnen, lud er den Grafen ein, mit seinen Freunden in die Hausmeisterloge zum Spielen zu kommen. Er wusste, dass das unmöglich war. An diese Antwort gewöhnt, verzichtete der Graf und verabschiedete sich. Er hinterließ einen Hauch Rasierwasser in der Luft, der in der Nase kitzelte. Don Gaetano sagte, dass der Klub das Reich von Betrügern sei, wo Dummköpfe wie der Graf sich bis aufs Hemd ausziehen ließen, ohne es zu merken. »Die schaffen es, dir die Socken auszuziehen, ohne dir die Schuhe abzustreifen.«

Don Gaetano vermisste die Natur, die er in Argentinien kennengelernt hatte. Die Ebenen, wo weidende Herden frei herumliefen, wo Blitze »im Rhythmus der Tarantella zuckten und die Erde eine Tanzfläche für den Himmel war«, sagte er. »Waise zu sein war ganz natürlich, wir alle, Tiere und Menschen, waren Waisen auf einer Ebene, die weit war wie der Ozean. Banditen, Priester ohne Soutane, Anarchisten, Iren – Argentinien ließ sie den ursprünglichen Grund ihrer Reise vergessen und gab ihnen Raum für freie Entschlüsse. Die einsamen Tage bestimmten ihr Atmen im Angesicht des Horizonts. Ich war dorthin geflohen, ohne zu wissen, wie man ein Feuer entfacht, Argentinien hat mich gelehrt, wie man sich durchschlägt, das heißt wie man überlebt. Das ist etwas anderes als leben, denn leben bedeutet nur, seine Zeit zu verbringen. Überleben hat das Ende des Tages zum Ziel, die gute Stelle für das Nachtlager, Wasser für das Pferd und Spanholz fürs Feuer.

Anfangs war ich in Buenos Aires, wo ich den Kindern reicher Auswanderer Lateinstunden gab, dann habe ich mich einem Iren angeschlossen, der in die Ebenen ging, um Schafe zu züchten. Später habe ich mich auch von ihm getrennt und bin Gast der Natur und ihrer überreichen Barmherzigkeit geworden. Mein Wert war die Eins, die Zahl, die jedem Leben zugeteilt ist, ohne Gewähr, dass man sie behält. Jeden Tag konnte ich wieder zur Null werden, ich musste mir die Dauer verdienen.

In den Ebenen Argentiniens habe ich das Feuer kennengelernt. Ich sah, wie es sich unter den Blitzen entzündete, versteckte und unter dem strömenden Regen davonkroch. Zuckend wie eine Eidechse schlich es unter dem geknickten Gras weiter, streckte den Kopf heraus, rollte sich im Wind zu einem Knäuel zusammen, sprang einen Busch an und tanzte auf seiner Spitze. Ich habe gesehen, wie es Tiere verfolgte, Vögel in der Luft erwischte. Ich sah seinen orangefarbenen Rücken den Hügel hinaufkriechen, und der Trichter aus schwarzem Rauch, mit dem es angreift, lief vor ihm her.«

Wenn er von Argentinien sprach, benutzte Don Gaetano eine andere Sprache und eine zweite, kehligere Stimme. Erregte, nervöse Worte kamen aus ihm heraus, Worte, denen man Zügel anlegen musste.

»Ich ging dicht an die Brände heran, dort gab es viel Wild zu jagen, aber mehr noch, weil sie mich anzogen. Die Luft war bitter, die Lider brannten. Das Pferd nieste vor Angst, aber es war stolz und widerstand. Das Feuer lässt die Erde in Schwarz-Weiß zurück, es saugt das Mark aus den Farben, nagt das Grün, Blau und Braun ab. Nachts schlug ich mein Lager weit entfernt auf, aber das Feuer, das ich anzündete, roch den Brand und rief nach ihm, dass er es hole. Bei Tagesanbruch erstickte ich es, trat noch die letzte Glut aus, und das Feuer hasste mich, weil ich sein Herr war, aber es erträgt keinen Herrn. Es ist ein Meister im Umzingeln, taucht plötzlich auf der gegenüberliegenden Seite auf, kommt sogar gegen den Wind voran. Es knurrt, wenn es sich eingekreist fühlt.«

Die Erinnerung machte Don Gaetanos Augen weit. Ich kannte das Feuer nicht. Als ich geboren wurde, hatte der Vulkan seine Kraft mehr in den Himmel als auf die Erde geschleudert. Säckeweise fegte man Asche von den Dächern. Dabei hörte ich die Leute sagen, dass sie nicht leicht sei, dass unter ihrem Gewicht Dächer einbrächen.

»Dann habe ich es in Neapel wieder gesehen, von den Bomben ausgelöst. Auch sie schlugen aus der Höhe zu, wie die Blitze, aber sie verbrannten Menschen und Häuser.

Ich erkannte es nicht wieder, es ähnelte den Menschen, blieb isoliert, selten sprang es von einem Haus aufs andere über. Ich sah, wie es sich austobte und verlosch, um Mauern und sogar Bücher stehen zu lassen. Nur den Einband verkohlte es ein wenig, verschlang nicht mehr als den Titel. Ein Buch ist ein Seeigel, wenn es fest geschlossen bleibt, hält es dem Feuer stand. Die Feuer der Bombardierungen waren die der Menschen, gehörten zu unseren Nachahmungen der Natur. Trotzdem starrte ich diese Brände wie besessen an und hätte keinen Finger gerührt, um sie zu löschen. Hüte dich vor dem Feuer, Junge, denn es ruft, fasziniert dich, zieht dich an und lässt dich irre werden.

Und hier, hier sind wir nichts, leben zusammengepfercht in engen Gassen. Wenn ich dort drüben einem Menschen begegnete, war das entweder ein Freund fürs Leben oder ein Mörder. Argentinien war eine Heimat für Flüchtlinge, wer auf der Flucht dort gelandet war, hörte auf zurückzuschauen.

Ich ritt auf dem Pferd durchs Land, begleitet von Schmetterlingen. Millionen Schmetterlinge fliegen dicht über dem Boden, damit wir uns über ihrem Schatten fortbewegen. Ihr Schattenteppich wogt um die Hufe des Pferdes, so ritt ich über eine fliegende Ebene. Nachts band ich mich am Bein des Tieres fest, wenn ich keinen Baum oder Felsen fand. Ich wachte an einer anderen Stelle auf, das Pferd hatte mich mitgeschleift, auf der Suche nach Gras.

In Argentinien habe ich vergessen. Alles Neue, was ich lernte, löschte etwas aus meinem vorherigen Leben aus. Dort fing ich an, die Gedanken der Menschen zu hören. Anfangs hielt ich sie für Stimmen, ich glaubte, die Einsamkeit wäre mir zu Kopf gestiegen. Dann erkannte ich, dass es die Gedanken der anderen waren. Ich konnte nichts tun, um sie auszusperren. Gedanken kennen bedeutet, in einer Hausmeisterloge zu sitzen, du hast die Schlüssel zu den Wohnungen in der Tasche, du bist der Wächter. Du kennst die traurigen Gedanken, die Probleme, die Verbrechen. Aber du bist nicht der Beichtvater, du kannst nicht lossprechen. Blickt man in ihr Inneres, kann die Menschheit einem Angst machen, wir sind Bratfleisch für die Hölle. Und du musst dich verhalten, als wärest du ahnungslos. Es war die Natur in Argentinien, die mich zu dem gemacht hat, der ich bin, sie hat mir ihren Passierschein gegeben. Ein Mensch braucht die Natur, und du kennst sie nicht.«

Ich wusste nichts von der Natur, vom Körper. Mager, hungrig war ich aufgewachsen, die einzige Gelegenheit zum Austoben waren das Fußballspiel am Samstagnachmittag und ein Training mitten in der Woche. Das Meer, das waren die Klippen von Santa Lucia, und die Natur war das, was in meinem Kescher landete.

Manchmal sah ich den Golf von einer Kurve der Küstenstraße aus. So viel Schönheit, unsichtbar für den, der darin lebte, schien gar nicht möglich. Wir waren Fische im Kescher und um uns herum die Unermesslichkeit des Meeres. Ich suchte die Stelle, wo unsere Gasse lag, aber sie war nicht zu erkennen, die Straßen waren zusammengepresst. Dort lebten wir und hatten keine Ahnung von all dem Licht und der Luft einen Meter oberhalb der Stadt. Von der Kurve am Hügel aus bildete die Natur einen Halbkreis aus Feldern mit dem Vesuv in der Mitte. Die Natur war da, wenn man sie von Weitem sah. Eines Sonntags nahm Don Gaetano mich mit auf den Vulkan.

»Du musst ihn kennenlernen, er ist der Hausherr, wir sind seine Mieter. Wer hier geboren ist, schuldet ihm einen Besuch.«

Wir stiegen zwischen Ginsterbüschen auf, dann über die Geröllfelder. So kamen wir am Rand des Kraters an, ein Loch, groß wie ein See, in dem der feine Regen aus der Wolke verschwand, bevor er auf die Erde traf. Die Sommerwolke durchnässte uns, wir troffen vor Schweiß und von ihrem Regen. Es herrschte Frieden in diesem Sack aus Dunst, ein angespannter Frieden, der das Blut verdickte. Am Rand des Vulkans, nach beendetem Aufstieg, merkte ich, dass mein Geschlecht angeschwollen war. Ich entfernte mich von Don Gaetano unter dem Vorwand, meine Notdurft verrichten zu müssen. Wenige Schritte den Krater hinunter schloss ich mich im Wolkendunst ein und entleerte meine Lust, verströmte sie über die kompakte Asche. Don Gaetano rief mich, und ich kehrte zu ihm zurück. »Das ist die Natur, Junge, wenn du allein an einem ihrer entlegenen Orte bist und dich kennenlernst.« Ich war benommen, die Wolke hatte mich in ihr Bad aufgenommen, hatte mir ihren Dunst ins Gesicht gehaucht und behielt mich in sich. Ob ich die Augen schloss oder öffnete, ich sah dasselbe, einen Schleier über den Lidern und das weiße Blut, das bis in die Spitze meines Geschlechts stieg. Das war Natur, und ich erfuhr sie zum ersten Mal. Schon öfter war es mir passiert, dass ich beim Aufwachen feucht war, aber im Inneren der Wolke waren das Berühren und Stoßen mein Werk gewesen. Beim Abstieg kamen wir in der Sonne heraus, die unsere Kleider trocknete.

Ich brachte ein wenig Fisch auf den Tisch, den ich mit dem Kescher gefangen hatte. Don Gaetano schätzte das und wusste ihn zuzubereiten. Er machte sich über mich lustig: »Auch heute essen wir einen unglücklichen Fisch, der das Pech hatte, ausgerechnet dann seine Runde zu drehen, als du vorbeikamst.« Er dachte, dass es eine nützliche Erfahrung für mich wäre, einmal mit hinaus aufs Meer zu fahren. Er kannte einen Fischer aus Mergellina, der nach Ischia gezogen war, und organisierte mir eine Ausfahrt mit ihm. Ich nahm die letzte Fähre des Tages. Von der Anlegestelle neben unserer fuhren die Auswanderer ab, und ich machte einen Ausflug. Ich war befangen, hielt die Hände auf dem Schoß, weil ich nicht wusste, wo ich sie hintun sollte. Die

Überfahrt verwirrte mir die Sinne, der Schornstein schleuderte Sepiaschwarz gegen die untergehende Sonne, die Vibrationen des Motors kitzelten meine Haut, der Biss in eine mit Ricotta gefüllte Pizza trennte mich zum ersten Mal von der Stadt. Mit den Augen grüßte ich die Entfernung, die mich fortbrachte. In diesen wenigen Stunden Überfahrt lag ein Abschied, ob er traurig oder glücklich war, konnte ich nicht sagen.

Ich kam abends auf der Insel an. Auf der Mole erwartete mich ein kleiner, rundlicher Mann mit einer Baskenmütze auf dem Kopf. Ich musste lächeln, als er sagte: »Wie lang du bist, zusammen sehen wir aus wie eine Bombe mit Zündschnur.«

Wir gingen zum Wasser, schoben sein Boot hinein und ruderten aufs Meer hinaus. Es war ein Abend, der die Poren öffnete, ich staunte, wohin ich auch blickte. Kein Mond, die Sterne genügten, um weit zu sehen. Hinter uns verschwanden die Lichter der Insel. Vor uns und über uns war der Himmel zum Bersten mit Galaxien gefüllt. Von unserem Hof aus konnte man nicht sehen, welch ein Haufen das war. Der Weltraum, den man in der Schule lernte, war ein gedeckter Tisch für Gäste mit einem Teleskop. Vor dem bloßen Auge jedoch weitete er sich unendlich aus und glich einem Mimosenbusch mit seinen Blütentrauben im März, der bis in die Spitzen so dicht mit gelben Punkten gesprenkelt ist, dass sie den Stamm verdecken.

Die Sterne reichten bis zum Bootsrand hinunter, ich sah sie zwischen den Rudern und über der tief in die Stirn gezogenen Baskenmütze. Dieser Mann, der Fischer, achtete nicht darauf. Konnte sich ein Mensch wirklich an so etwas gewöhnen? Mitten zwischen den Sternen sitzen und sie nicht einmal abschütteln wollen? Danke, danke, danke, sagten meine Augen, fürs Hiersein.

Draußen auf dem Meer übergab er mir die Ruder: »Du bist dran.« Lange Ruder, sie mussten im Stehen bewegt werden, mit dem Gesicht zum Bug. Er sagte, ich solle auf eine Landzunge zusteuern. Er beköderte eine lange Schnur, von der jeweils im Abstand von ein paar Metern eine Angelschnur und ein Haken abgingen.

Ich hatte ihn rudern gesehen und machte es ihm nach. Es war keine Anstrengung der Arme, sondern des ganzen Körpers, der sich vor und zurück bewegte, um die Ruder anzuheben und weiter vorn einzutauchen. Ohne Widerstand der Wellen glitt das Boot von selbst unter den Füßen dahin. Wenn es so ist, scheint das Meer abwärts zu fließen. »*Cuóncio, nun'allenta*, langsam, streng dich nicht zu sehr an«, sagte er.

Ich ruderte zwei Stunden im ruhigen Wasser der Nacht. Das Geräusch der Ruder waren zwei Silben, die erste kurz betont, wenn sie ins Wasser tauchten, die zweite länger, bis sie herauskamen. An-na, An-na, zwischen den zwei Silben sprach mein Atem einen Frauennamen. Nach zwei Stunden stellte der Mann sich an die Ruder, und ich senkte langsam die Schnur mit den hundert Ködern ins Meer. Als wir fertig waren, brach der Tag an.

Um uns herum lief ein Schauer über die Wasseroberfläche, die Sardellen, vom Thunfisch verfolgt, stiegen wie eine Blase auf und sprangen in die Luft, der fliehende Schwarm kräuselte das Wasser. Wir waren mittendrin, der Fischer nahm den Kescher und senkte ihn einfach in den Haufen. Er zog eine Handvoll lebender Fische heraus, die er in einen Eimer schüttete. Das war Stehlen.

Die Sonne kam schleichend hervor, ein Geräusch von Gas, das Feuer fängt, der Kocher brannte, und er stellte eine verbeulte alte Espressokanne darauf. Dann benetzte er sich den Kopf und setzte die Mütze wieder auf, ich tat es ihm nach. Der Kaffee pfiff Luft aus der Tülle wie ein Hahn. Der Mann hob die Tasse gegen die Sonne als Gruß an den aufsteigenden Tag. Wir tranken den Kaffee, zogen mit der Nase seinen Duft nach Land ein, weit draußen, meilenweit von der Küste entfernt.

Auf sein Zeichen hin steuerte ich die Untiefe an, ein Areal mitten im Meer, das man an Zielpunkten erkannte: Die gesamte Silhouette der Landzunge von Sant'Angelo musste auftauchen, und die Isola di Vivara musste die Form eines Lorbeerblatts annehmen. In diesem Meeresarm befand man sich über der Untiefe. Die Sonne glänzte schon als Schweiß auf unseren Gesichtern. Unser tägliches blaues Brot am Angelhaken gib uns heute, das war sein Gebet, keine Forderung, die seinen langsamen Gesten innewohnte. Wenn es so angerufen wurde, ließ das Meer sich ernten. Wir senkten die Angelschnüre mit Stückchen von Tintenfisch am Haken ins Wasser. Zuerst stieg das glitzernde Weiß des Umbers vom Grund, dann der rote Drachenkopf, wild zappelnd. Unter der Berührung der Sonne fing das Meer an, sich zu regen, langsame Wellen schoben das Boot aus der Untiefe heraus. Wir korrigierten die Abdrift mit den Rudern. Es war die Zeit des Wartens, bevor die Angelschnur herausgezogen wurde, die wir an zwei Schwimmern hängend zurückgelassen hatten. Dann holten wir sie ein. Mit langsamen, regelmäßigen Bewegungen der Arme zog er die Schnur heraus und legte sie in die Körbe zurück. Nach fünfzig Metern stieg längsseits eine Muräne auf. Er hob sie mit dem Kescher aus dem Wasser, nahm ihr den verschluckten Bissen aus dem Maul und warf sie in eine Wanne. Es folgten ein kleiner Zackenbarsch und die Goldbrasse, der Stolz eines jeden, der vom Fischen heimkehrt.

Ein paarmal spannte die Schnur, sie hatte sich irgendwo am Grund festgehakt. Dann befahl er mir, in eine andere Richtung zu rudern, er wusste, von welcher Seite aus sich die Schnur lösen ließ. Zum Schluss wechselten wir uns beim Rudern ab. Wir fuhren mit der Strömung, jeder Ruderschlag konnte sich auf einen Schub vom Heck verlassen. Als wir wieder an dem Strand landeten, von dem wir losgefahren waren, läuteten die Glocken zur Mittagsmesse. Er schenkte mir den kleinen Zackenbarsch und drückte mir die Hand. Sie blutete, weil ich das Rudern nicht gewohnt war. Wir hatten insgesamt zehn Worte gewechselt, dann, wenn es angebracht war.

Auf der Fähre zurück streckte ich mich zum Schlafen auf den Holzsitzen aus, die nach Farbe und Salz rochen. Ein Matrose weckte mich, als wir im Hafen waren. Schon umgab mich die Stadt, ich hatte sie nicht näherkommen hören. Einen Augenblick lang war ich wie benommen, wusste nicht, wo ich hingehen, was ich tun sollte. Durch das Brennen an den Händen kam ich wieder zu mir.

Am Abend kochte Don Gaetano den besten Zackenbarsch der Welt mit Tomate, nur die restlos abgenagte Gräte blieb zurück.

Es war Sommer, und die Schwellung in der Hose passierte mir immer wieder. Don Gaetano lehrte mich ein paar einfache Elektriker- und Klempnerarbeiten, damit er mich an seiner Stelle zu Reparaturen schicken konnte. Manchmal bekam ich Trinkgeld. Als eines Nachmittags der gewohnte Anruf der Witwe kam, sagte er, ich solle hinauf. Ich erschien mit der Werkzeugkiste, sie ließ mich eintreten. Sogar im Haus trug sie ein Hütchen mit schwarzem Schleier. Die Fensterläden waren geschlossen, ein kühles Halbdunkel. Sie ging mir ins Badezimmer voraus, damit ich dort den Abfluss des Waschbeckens reparierte. Ich bückte mich, um den Siphon abzuschrauben, sie blieb neben mir stehen, ihre nackten Knie waren auf meiner Augenhöhe. Während ich das Rohr mit dem Schraubschlüssel lockerte, versetzten ihre Knie mir leichte Stöße. In meinem Mund sammelte sich Spucke, die ich herunterschlucken musste. Ihre Hand fuhr durch meine Haare und zerzauste sie, ich hörte auf zu arbeiten, blieb reglos. Sie ergriff die Haare und zog mich hoch. Ich ließ den Schraubenschlüssel fallen, gehorchte ihr. Sie löschte das Licht und drückte ihren Bauch gegen meinen. Ihre Arme hoben sich bis zu meinem Hals und zogen ihn langsam zu ihrem Gesicht. Sie öffnete meinen Mund mit zwei Fingern, dann mit ihren Lippen. Ich hob die Hände zu einer Antwort, sie ergriff sie und legte sie hinter ihren Rücken. Dann suchte sie mein Geschlecht. Ich stand mit dem Rücken zum Waschbecken, sie drückte sich an mich, und mein Geschlecht drang in ihren Körper. Sie bewegte mich. Es war schöner als in der Wolke. Sie legte meine Hände auf ihre Brust und begann zu keuchen, immer lauter, bis zu einem Stoß, der mir alles Blut nahm, das ich hatte. Zwischen mir und ihr hat eine Transfusion stattgefunden. Das musste das *facimm'ammòre*, das Liebemachen sein, von dem die Männer und die Frauen miteinander reden.

Ich war schweißgebadet, die Unterhose auf meinen Füßen, der Rücken verspannt, weil ich ihren Stößen standgehalten hatte, ohne mich am Waschbecken abzustützen. Sie löste sich von mir, machte

das Licht an und wusch sich zwischen den Beinen. Ich solle das Gleiche tun, sagte sie. Dann sammelte ich das Werkzeug ein. »Wenn nötig, rufe ich dich.«
»Ja, Signora.« Und das war meine erste Reparatur.

Schon beim zweiten Mal war es leichter, nicht im Badezimmer, gleich in ihrem Schlafzimmer. Sie zog mich aus, legte mich aufs Bett und stieg auf mich. Die Stöße kamen von ihr. Wir blieben länger dicht beieinander. Don Gaetano fragte mich, ob ich es gerne täte, ich sagte Ja, mit einem Nicken.

»Sie hat mich durch dich ersetzt.« Das sei nicht richtig, sagte ich.

»Es ist richtig, und außerdem passt es genau. Sie ist jung, und ich habe es nicht geschafft, all ihren Rufen nachzukommen.«

Ich kam ihnen nach. Sie hatte verschiedene Phantasien, bei einer war es stockdunkel, ich musste mich verstecken, sie kam ins Zimmer, um mich zu suchen. Ich blieb eine Stunde, dann ging ich hinunter. Immer war ich nachmittags bei ihr, das dauerte an bis zum Herbstbeginn. Dann beendete sie die Trauerzeit, nahm den Schleier ab und legte wieder Farben an, wenn sie ausging. Die Rufe hörten auf. Es war Don Gaetano gewesen, der mich empfohlen hatte, er hatte ihr gesagt, ich sei vertrauenswürdig, sei einer, der nicht redete.

»Du hast ein bisschen Natur gebraucht. Jetzt, wo du sie kennengelernt hast, kann dir auch die Begegnung mit der aus dem dritten Stock passieren.«

»Aber wie soll ich sie erkennen? Das ist zehn Jahre her, eine Masse Zeit.«

»Junge, die Zeit ist keine Masse, sie ist vielleicht ein Wald. Wenn du das Blatt kennengelernt hast, wirst du später den Baum erkennen. Wenn du ihr in die Augen gesehen hast, wirst du sie wiederfinden. Auch wenn ein Wald Zeit vergangen ist.«

Ich bekam Übung im Reparieren. Wenn ich gesehen hatte, wie etwas gemacht wurde, wiederholte ich es richtig, ich lernte schnell. So verdiente ich etwas Geld. Ich verstand die Rohre, die Kabel, in denen Ströme flossen, die fest von den Leitungen umschlossen sein mussten, wenn sie zwischen den Gelenken und Schaltern hindurchliefen. Es gefiel mir, der Aufseher über diese Ströme zu sein. Für mich war es ein Spiel, das Wasser und den elektrischen Strom zu regulieren. Weniger schön war es, wenn das Abflussrohr für die Fäkalien verstopft war und die Exkremente beseitigt werden mussten. Beim ersten Mal übergab ich mich in das Rohr. Dann hieß Don Gaetano mich ein Taschentuch über Nase und Mund binden.

Der Herbst des letzten Schuljahrs hatte begonnen. Ich lernte nachts, am Nachmittag saß ich in der Hausmeisterloge beim Kartenspiel oder um Don Gaetano zu vertreten. Eines Nachmittags, als niemand uns für Dienstleistungen benötigte, fiel ein feiner Regen aus niedrigen Wolken, der matt und klebrig niederging. Wir spielten eine Partie Scopa.

Ich saß mit dem Rücken zum Fenster der Loge, da stand Don Gaetano auf, um jemandem zu antworten, der an die Glasscheibe getreten war. Ich nutzte die Gelegenheit, um auf die Toilette zu gehen. Als ich zurückkehrte, saßen zwei Mädchen in Regenmänteln mit Don Gaetano am Tisch. Die eine blickte sich um, die andere nicht. Eine war blond, selbstsicher, sie sprach mit Don Gaetano, die andere nicht. Ich blieb abseits stehen.

Die Blonde fragte, ob im Haus eine Wohnung frei sei. Don Gaetano nahm sich Zeit, um herauszubekommen, mit wem er es zu tun hatte, er fragte sie, ob sie einen Kaffee wollten. Sie sagten Ja und zogen sich die Regenmäntel aus. Ich setzte die Kanne aufs Feuer. Aus Gewohnheit schaue ich Mädchen nicht ins Gesicht, es macht mich verlegen.

»Wir hängen hier kein Schild auf, wir sorgen dafür, dass die Nachricht sich herumspricht. Im Moment gibt es keine Wohnungen, aber im dritten Stock wird bald eine mit drei Zimmern frei.«

Don Gaetano machte eine Pause. Ich stand am Herd und spähte verstohlen zu dem Mädchen hin, das noch nichts gesagt hatte. Ich sah ihre Haare, glatt und kastanienbraun wie glasierte Maronen, von einer Spange im Nacken zusammengehalten. »Es ist die Wohnung, wo Ihr als Kind gewohnt habt«, sagte Don Gaetano und lächelte das stumme Mädchen ein wenig an. Ich tat einen Schritt rückwärts, stieß gegen die Kaffeekanne, aber sie wollte nicht fallen.

»Anna«, entfuhr es mir. Die Blonde hatte meine Stimme übertönt, als sie fragte, ob man die Wohnung besichtigten dürfe. Anna wandte sich sehr langsam um und sah mich an, große, ruhige Augen, die von jemandem, der hinter Glas sitzt. »Junge, pass auf, der Kaffee kocht.« Ich drehte mich um und hantierte verwirrt mit der Kanne, nahm sie vom Feuer.

»Geh hinauf, frag, ob die Signorine die Wohnung besichtigen dürfen.« Wie ein Schlafwandler ging ich hinaus, der Mund stand mir halb offen. Mit jeder Stufe stieg ich die Vergangenheit hinauf, all die Male, die ich mich vor diese Tür gewagt hatte, um ein Geräusch zu hören, in der Hoffnung, sie herauskommen zu sehen. Nie war das geschehen. Und jetzt klopfte ich an ihre Tür, um sie dorthin zurückzubringen. Die Vergangenheit war eine Treppe, und ich stieg sie wieder hinauf.

Als ich zurückkehrte, standen dort vier Tassen, auch eine für mich. »Wenn Ihr sie begleitet, Don Gaetano, können die Signorine hinauf.« Ich trank den Kaffee, ohne die Augen heben zu können. Die Glasscheibe, die das kleine Mädchen von der Welt getrennt hatte, war gefallen, auf dem Boden lagen bestimmt Scherben. Sie gingen hinauf zu der Wohnung, ich wusch die Tassen, dann verließ ich die Hausmeisterloge und ging in den Hof, in den Regen. Auf dieses nasse Pflaster hatte ich mich oft geworfen, um den Ball Füßen und Tritten zu entreißen. Ich betrachtete das Rohr, das am Haus nach oben lief, neben dem Balkon im ersten Stock. Jetzt standen dort Töpfe mit dem letzten Basilikum des Jahres.

Ich hob den Kopf bis zum dritten Stock. Dort war sie, hinter dem Fenster, und schaute nach unten. Ich schlug die Augen nieder, der Kaffee stieg mir bis in die Kehle hinauf, von einem unwillkürlichen Zucken des Zwerchfells nach oben getrieben. Ich kehrte in die Hausmeisterwohnung zurück und übergab mich in der Toilette.

Sie kamen herunter, die Blonde bat Don Gaetano, sie zu benachrichtigen, wenn der Mietvertrag auslief, sie seien bereit, ihn zu übernehmen. Während Anna hinter ihr herging, ließ sie ihre Blicke schweifen. Ich half ihnen in die Regenmäntel, da warf die Blonde ihre Haare über den Kragen, eine Bewegung, bei der mein Kopf zurückzuckte, damit ich sie nicht ins Gesicht bekam. Anna behielt ihre unter dem Kragen, ein Scheitel teilte sie in der Mitte. Regengeruch, den ich ihr heimlich hinter ihrem Rücken raubte, stieg mir in die Nase. Die Zeit hatte sich diesen Geruch um die Schultern gelegt, denn sie wollte wiedererkannt werden. Anna dankte mir, wandte sich um und gab mir die Hand, dabei bemerkte sie die Verletzung vom Rudern und lächelte. In der Berührung war das Versprechen von Kindern, sich morgen wiederzusehen. Dann schüttelte sie Don Gaetano die Hand. Die Blonde war schon draußen, und es regnete nicht mehr. »Werden sie hier wohnen?«

»Ich glaube nicht, sie wollten nur einen Besuch machen. Die eine hat die Blonde mitgenommen, die wie ein Anwalt redet.«

»Ich habe so lange darauf gewartet, sie wiederzusehen, dass ich vergessen habe, wie das sein könnte. Durch das Warten habe ich vergessen, worauf ich wartete. Ist so etwas Verrücktes möglich, Don Gaetano?«

»Im Waisenhaus habe ich darauf gewartet, alt genug zu werden, um es zu verlassen, dann ist der Tag gekommen, und ich erinnerte mich nicht mehr, dass ich darauf gewartet hatte.«

»Ich habe sie mir nicht schön vorgestellt, nicht so schön. Aber sie ist nicht herausfordernd, eher still, ein bisschen angeschlagen, wie eine, die eine Reise hinter sich hat. Glaubt Ihr, dass sie zurückkommt?«

»Ich glaube es nicht, ich weiß es.«

Wir spielten nicht Karten, ich hatte nicht den Kopf dafür. Ein kleiner Aufruhr lenkte uns ab, der Besuch eines Steuerinspektors. Er war gekommen, dem Schuhmacher La Capa, dem Mann, der vor zwei Jahren den Vierer beim Lotto von Neapel gewonnen hatte, eine Vorladung zu einem Steuerermittlungsverfahren zu überbringen. Es war ein Staatsbeamter, ganz durchdrungen von seiner Mission, und er hatte einen norditalienischen Akzent. Doch La Capa etwas auf Italienisch klarzumachen, das überforderte ihn. Ich ging den Schuster holen und sagte ihm, in der Hausmeisterloge sei Besuch für ihn. Und dann hat folgende Begegnung stattgefunden, die ich sofort in mein Heft geschrieben habe.

»Sind Sie Signor La Capa?«

»Zu Euren Diensten, Exzellenz.«

»Ich habe hier eine Vorladung für Sie.«

Der Schuster macht ein besorgtes Gesicht, sagt dem Beamten, er solle sich setzen, er werde ihm ein Glas Wasser bringen.

»Tut mir leid, dass Ihr Euch wegen mir so aufregen müsst«, sagt er und legt ihm dabei die Hand auf die Schulter, damit der Mann sich setzt.

»Wieso aufregen? Was reden Sie da? Signor La Capa, ich habe eine Vorladung für Sie.«

Der Schuhmacher hatte beschlossen, dass der Mann aufgeregt war. Er drückte ihm ein Glas Wasser in die Hand. »Aber ich habe keinen Durst, Signor La Capa, lassen Sie uns keine Zeit verlieren, ich komme vom Finanzamt.«

»Bravo, und wer wurde finanziert?«

»Darum geht es hier nicht, ich bin zuständig für die steuerlichen Angaben.«

»Aha, Angaben, dann seid Ihr also ein Angeber?«

»Was erlauben Sie sich?«

Der arme Inspektor wurde ärgerlich, aber er war auch eingeschüchtert, denn La Capa hatte Hände wie Schaufeln, die in kolossale Arme übergingen.

»Seht Ihr? Und ob Ihr aufgeregt seid.«

Der Mann will sich erheben, aber La Capa zwingt ihn mit einem leichten Schubs zurück auf den Stuhl.

Ungerührt überwachte Don Gaetano die Szene. Der Schuster wollte sich erklären.

»Hört mal, Signore: Wer in der Straßenbahn die Fahrkarten kontrolliert, heißt Kontrolleur, oder? Ihr macht in Angaben, also seid Ihr ein Angeber.«

»Ich muss sagen, Signor La Capa, das reicht schon an eine Verbalinjurie heran.«

»Aber nicht doch, kein Mensch wird hier verbalurinieren. Aber Ihr seid so blass, Ihr kommt mir vor wie einer von den Bellomunno, die vom Bestattungsinstitut, stimmt's, Don Gaeta'? Schwarze Schuhe trägt er obendrein, wie für ein Begräbnis.«

»Das geht jetzt zu weit.« Der arme Inspektor will aufstehen, aber La Capa befördert ihn mit einem Schlag, als wolle er eine Sohle an einen Schuh nageln, zurück auf den Stuhl.

Der Inspektor erkennt, dass es um seine Sache nicht gut bestellt ist, und fängt an, sich Hilfe suchend umzublicken. Don Gaetano ist eine steinerne Sphinx.

»Wollen Sie nun endlich begreifen, dass ich ein Inspektor des Fiskus bin?«

»Tut mir leid, einen Franziskus haben wir hier nicht.«

»Signor La Capa, sind Sie womöglich taub?«

»Taub? Ich? Wo ich doch von hier oben höre, was sich die Fliegen auf der Piazza vor dem Rathaus erzählen? Ihr seid doch der, der ausländisch spricht.«

»Ich spreche italienisch nach der Norm und Konvenienz.«

»Seht Ihr? Also geht's bei Euch doch um Kondolenz.«

Der Inspektor sieht sich verloren, rauft sich das schüttere Haar und sinkt stumm in sich zusammen. Einen weiteren Versuch aufzustehen wagt er nicht.

»Trinkt Euer Wasser«, befiehlt ihm La Capa.

Er gehorcht mit geschlossenen Augen. Bevor er zu weinen beginnt, schreitet endlich Don Gaetano ein.

»Ich kümmere mich um den Inspektor, geht Ihr ruhig in Eure Wohnung zurück, La Capa.«

»Jaja, kümmert Ihr Euch drum, ich hab nichts verstanden von dem, was dieser Fremde sagt.«

Don Gaetano lässt sich die Vorladung aushändigen und befreit den Inspektor.

»Den sehen wir nicht wieder.«

»Don Gaetano, wenn Ihr noch eine Minute länger gewartet hättet, wäre er reif fürs Krankenhaus gewesen.«

»Er hatte eine Begegnung mit La Capa verdient. Da hat ein armer Christenmensch einmal ein bisschen Glück, schon kommt der Staat und will es ihm wegnehmen. La Capa hatte recht, der trug schwarze Schuhe wie auf einer Beerdigung.«

Während der restlichen Zeit an diesem Nachmittag brachte Don Gaetano mir bei, wie man Hanf um Gewinderohre wickelt und mit Fett bestreicht, um die Gelenkstelle zwischen zwei Wasserrohren dicht zu machen. Den Gewindeschneider, ein Werkzeug, das Innengewinde in die Rohre fräst, hatte ich noch nicht benutzt. Er ließ es mich ein paarmal versuchen, ich schaffte es.

»Ich muss eine Wasserleitung reparieren, Sonntag gehe ich hin. Wenn du mir hilfst, sind wir mittags fertig und teilen den Lohn.«

»Teilen? Das kann ich nicht annehmen, Ihr seid der Meister, ich bin nur Gehilfe. Ihr gebt mir ein Zehntel, das ist in Ordnung.«

»Ich gebe dir ein Viertel und damit Schluss.«

So war es, am nächsten Sonntag reparierten wir von sieben Uhr morgens bis zum Mittag die Wasserleitung. Gegen zwei kehrte ich nach Hause zurück, und vor dem verschlossenen Tor kam mir Anna entgegen. Don Gaetano hatte darauf bestanden, dass ich mir Gesicht und Hände wusch, ich konnte ihr die Hand geben, ohne sie schmutzig zu machen. »Lässt du mich rein?« Sie wirkte ein wenig gehetzt und blickte sich um. Ich öffnete, ohne zu zittern, aber meine Kehle war wie zugeschnürt. In den Verschlag, wo ich schlief, konnte ich sie nicht bringen, zwei Menschen passten dort nicht hinein. Ich ging in die Hausmeisterwohnung. Es gab dort eine Tür, die ich noch nicht geöffnet hatte, doch ich wusste, dass dahinter Stufen nach unten führten. Es musste die Tür zum Versteck sein, ich öffnete sie. Mir fehlte fast der Atem, um sie zu bitten, mir zu folgen. Ich zündete eine Kerze an und ging die Stufen hinab. Anna legte eine Hand auf meine Schulter, aber sie war schwer, ich spürte einen Druck, der mich aus dem Gleichgewicht brachte. Eine Tuffsteinstille öffnete sich und schloss unsere Schritte ein.

Wir kamen in den großen Raum, den ich vor zehn Jahren entdeckt hatte. Ich stellte die Kerze auf einen Felsvorsprung über unseren Köpfen, wir blieben stehen. Die Kerze warf Flammenkonfetti auf ihre Haare, die Stirn. Ihre Augen antworten mit Funken auf das Licht. Mein Atem war ruhig, er bewegte die Luft nicht. Ich bin seit damals nicht mehr hier unten gewesen, sagte ich.

»Alles in diesem Haus ist kleiner, als ich es in Erinnerung habe, außer dir.«

Ihre Stimme durchquerte die Lebensalter. Sie begann kindlich und endete erwachsen. Als sie beim Wort »dir« ankam, berührte sie meinen Arm. Ich folgte ihrer Hand, die meinen Arm bis auf ihre Schulter anhob. Der andere Arm legte sich von allein um ihre Taille – die Anfangsfigur eines Tanzes.

»Genauso habe ich es mir vorgestellt. Du kletterst auf den Balkon, um mich zu beobachten, ich gehe die Treppe hinunter, dir entgegen. Du hast ein Verlies in einem Turm, wo wir tanzen würden. Die Wünsche der Kinder geben der Zukunft Befehle. Die Zukunft ist ein langsamer, aber treuer Diener.«

Anna sprach ohne eine Spur von Akzent, eine Sprache aus Büchern. Ihr Atem strich sanft über die Zeilen. Sie hielt inne, als machte sie einen Absatz. Ich war an der Reihe.

»Ich habe so lange auf dich gewartet, bis ich vergaß, worauf. Bei jedem Aufwachen ist mir ein Warten geblieben, wenn ich aus dem Bett sprang, dem Tag entgegen. Ich öffne die Tür, nicht um hinauszugehen, sondern um ihn hereinzulassen.«

Ich legte meine Schläfe an ihre.

»Anna, eine Ewigkeit ist vergangen.«

»Sie ist vorbei. Jetzt beginnt die Zeit, die nur Augenblicke dauert.«

»Jeden Tag habe ich gehofft, dass der Ball auf dem Balkon landet. Ich bin hinaufgeklettert, unterstützt von dir, weil du mir zugeschaut hast. Wenn ich dann den Ball vom Balkon geworfen hatte, um die Blicke der anderen loszuwerden, musste ich nur dein Gesicht am Fenster finden. Wir hätten damals heiraten sollen, als Kinder. Wie kam es, dass du mich wiedererkannt hast?«

Sie löste ihre Schläfe von meiner, betrachtete mein Profil vor der Kerze.

»Ich brauche einen Kuss, um zu antworten.«

Mit trockenen Lippen näherte ich mich ihren, sie waren glatt, leicht geöffnet. Erst sog meine Nase einen Liter berauschenden Sauerstoff ein, dann tauchte Annas Atem in meinen. Der Körper im Atemstillstand stürzte sich auf die Lippen, für den perfektesten Ausgleich.

»Spürst du es auch, das Siegelwachs, das die Ränder eines Briefs verschließt?«

Diese Worte von Anna hörte ich mit der Nase. Sie waren nicht über ihre Stimme in meine Ohren gelangt. Hört man die Gedanken mit der Nase? Und du, Anna, kannst du meine hören? Die Antwort gaben ihre Lippen, die sich lösten und Ja sagten.

Mehr geschah unseren Körpern nicht. Uns genügten die Seligkeit der Lippen, der durch die Nase getrunkene Atem, vermischt mit Gedanken. Es war die Schuld, die wir der Kindheit bezahlten. Wir hatten die Wünsche der Kinder erfüllt, der Tanz im Verlies und der Kuss. Uns überkam die Müdigkeit derjenigen, die die Ziellinie erreicht haben. Wir setzten uns nebeneinander auf die Pritsche, beleuchtet von der Feuersbrunst des flackernden Kerzenflämmchens. Ich stand auf, um die Kerze auf den Boden zu stellen, setzte mich wieder hin.

»Ich bin nicht an deiner Seite, Anna, ich bin ein Teil von dir.«

»Du bist das fehlende Stück, das aus der Ferne zurückkehrt, um sich einzufügen.«

Das Licht stieg von unseren Füßen auf und umfing unsere Gesichter mit Wärme.

»Das ist keine Kerze, es ist ein brennender Wald«, sagte sie.

Anna nahm meine Hand und legte sie in ihren Schoß.

»Wir haben keine Zeit, sie ist abgelaufen, wir stehlen uns gerade eine Verlängerung.«

»Dann verwechsle ich also das Ende mit dem Anfang, den ersten Kuss mit dem letzten?«

»Küsse zählt man nicht, dies war nicht der Kuss Nummer eins, vielleicht war es der tausendste von denen, auf die du gewartet hast. Kein Kuss ist der erste, es sind alles zweite. Den ersten habe ich dir hinter dem Fenster gegeben, am Tag, als du zum Balkon geklettert bist. Du bist für mich über den Abgrund gestiegen. Da habe ich mich dir zum ersten Mal geschenkt.«

Ihre Hand drückte meine Finger, wo noch die Blasen brannten.

»Und dies ist noch ein zweiter Kuss, denn auch die Hände küssen und umarmen sich.«

»Deine Augenlider, Anna, sind so geschwungen wie der Kiel eines Bootes.«

»Ich habe Lider, die nicht schlafen und nicht weinen.«

Was trennt uns, welche Zeit geht bald zu Ende? Der Gedanke traf auf ihre Antwort.

»Der Bandit, dem ich versprochen bin, wird bald aus dem Gefängnis kommen. Er will mich heiraten und nach Südamerika gehen.«

»Ich habe kein Recht, das zu erfahren. Wenn ich könnte, würde ich fragen, warum ich dich nie außerhalb des Fensters sah.«

Anna antwortete, indem sie von mir abrückte, die Hände auf den Knien.

»Ich war ein verschlossenes Kind, von innen zugesperrt. Unfähig zu weinen, auch bei Ohrfeigen nicht. Solche nennt man heute Autisten. Ich bin verrückt, eine, die den Träumen und Wünschen Befehle gibt. Ich bin Blutskönigin der Hexen, der auf dem Marktplatz Verbrannten. Siehst du, wie diese Kerze nach mir verlangt? Sie brachten mich fort von hier, in eine Klinik in den Bergen. Ich habe meine Familie nicht wiedergesehen. Sie haben mir etwas vererbt. Mit achtzehn bin ich aus der Klinik gekommen und hierher zurückgekehrt. Ich konnte mich nicht mehr erinnern, wo das Haus stand. Ich lebe im Hotel. Seit einem Jahr suche ich das Haus und das Fenster. Ich wollte mich an das erinnern, was ich sah. Stattdessen habe ich mich an etwas erinnert, was ich nie gehört habe, meinen Namen, von dir ausgesprochen. Mein Name, aus dem Mund eines Jungen, der in einer Hausmeisterwohnung Kaffee kochte, daran habe ich mich erinnert, ohne es je gehört zu haben. Ich bin aus Blättern gemacht, wie ein Baum, und erkenne einen Wind wieder, auch wenn er nie wehte. Danach war es einfach, durch die Scheibe zu blicken und dich dort wiederzufinden. Du warst es, der kleine Baum, an der Stelle gewachsen, die ich verlassen hatte. Auch du bist aus Holz zum Brennen und zum Segeln gemacht.«

Mich überlief ein Schauder vor der Kerze.

»Hast du Angst? Ja, zittere nur, dein Schauder ist nicht mehr als eine Anzahlung. Zittere ruhig, hier im Verlies kannst du geschützt zittern.«

Sie strich mir mit einer eiskalten Liebkosung über die heiße Stirn. Die Geste nahm mir die Angst, ein Tuch, das Staub wegwischt.

Der Kerzendocht sprühte Funken. Anna fing ein paar auf und tat sie sich auf die Zunge.

»Was glaubst du, schmecken Sterne nach Zuckerbrot oder nach Salz?«

»Ich weiß nicht, ich habe noch keine probiert.«

»Ich schon, im Haus der eingeschlossenen Kinder bin ich viele Nächte lang auf dem Balkon geblieben. Im Sommer verlieren die Sterne Krümel, die bis in deinen Mund fallen.«

»Und wie schmecken sie?«

»Salzig, mit einem Bittermandelgeschmack.«

»Ich hätte sie lieber süß.«

»Ach nein, es fallen zu viele, sie würden den Boden verderben. In manchen Nächten gibt es einen Sturm zerbröckelnder Sterne. Die Erde wird von ihnen besät, sie empfängt, ohne zurückgeben zu können. Darum erheben sich aus der Tiefe Dankgebete von Bäumen und von Tieren.«

»Betest du, Anna?«

»Nein.«

»Warum nicht?«

»Weil ich von dort komme, aus einem Samen, der auf dem Eisschweif eines Kometen gereist ist.«

»Und du bist von dort gekommen, um hier geboren zu werden, in den engsten und lautesten Gassen der Welt?«

»Ja, wenn die Kometen ihre Schleppe verlieren, endet sie im Krater von Vulkanen. Mein Same ist in den Krater gefallen. Der Ausbruch von 1944 hat mich ausgespuckt. Im Tuffstein dieses Verlieses atme ich den Stoff meiner Ursprünge.«

»Ich auch, Anna, ich bin ein Kind dieses Tuffsteins hier. Ich komme nicht aus dem Weltraum wie du, sondern aus dem geschlossenen Raum eines Innenhofs. Ich habe nicht zum Himmel aufgeblickt, sondern zu deinem Fenster, das war die Stufe zum Himmel, der auf die Erde herabgekommen war. Mein Atem stieg zu deiner Fensterscheibe auf, und sie beschlug. Du hast sie mit dem Ärmel getrocknet. Ich mag Fensterscheiben. Sie haben mir die Ellenbogen gezeigt, die deinen Kopf stützten. Die Fenster im Hof warfen sich dein Bild gegenseitig zu, so brachten sie es bis zu meinem Zimmer hinunter. Sie machten einen Staffellauf, wenn eines fehlte, verlor sich dein Bild in der Luft. Ich bin den Fenstern im Hof dankbar. Und was mache ich jetzt mit dem Glück, mit dir, nachdem du aus den Fenstern heruntergekommen bist? Was kann ich tun, Anna?«

Sie war aufgewühlt.

»Tun? Was für ein seltsamer Gedanke, glaubst du, hier gibt es ein Tun zwischen uns? Hier gibt es keine Verben, es gibt unsere Namen, und nichts kann hinzugefügt werden. Hier ist ein Bett, aber wir haben uns nicht daraufgelegt und umarmt, es ist trocken wie ein Altar vor dem Opfer.«

»Willst du dich hinlegen?«

»Jetzt nicht, dieses Bett ist eine Wunde, es muss einen Verband bekommen. Ich werde Bettlaken bringen.« Sie stand auf, ich auch. Sie nahm meine Hand und tat einen Schritt auf die Stufen zu. Ich holte die Kerze und folgte ihr. Anstelle der Füße hüpfte ein Schwalbenschwanz, aus Freude darüber, wieder an die Luft zu steigen. Ich begleitete sie zum Haustor. Es war massiv, man musste es mit der Schulter aufdrücken. Mir fehlte die Kraft, es zu öffnen und mich von ihr zu trennen. Sie öffnete es mit einem Arm, ohne Mühe. Aus ihrem leichten Körper brach heftig eine unterdrückte Energie hervor. Das Tor bewegte sich wie ein Vorhang. Zusammen mit dem Geräusch der Türangeln traf mich Annas Hauch, als sie sich schon abgewandt hatte: »Bis Sonntag.«

Ich blieb hinter dem geschlossenen Tor stehen. Das Kind war erhört worden. Von allen Entbehrungen hatte ich mich an die unwirklichste geklammert, den Kuss von Anna. Was einer Kindheit zusteht, eine Familie, hatte mir nicht gefehlt. Ich war ohne sie ausgekommen, wie viele in der Nachkriegszeit. Keine Traurigkeit, im Gegenteil, die Freiheit, über die Zeiteinteilung meiner Tage selbst zu verfügen, ohne Uhr. Ich hatte meine Kammer, die Schule, den Hof. Ich hatte die Suppe, die mir von der Haushälterin meiner Adoptivmutter gebracht wurde. Sie hatte mich vor dem Waisenhaus bewahrt, für das ich bestimmt war. Von allem, was dieser Kindheit fehlte, hatte ich mir das Mädchen hinter dem Fenster ausgesucht. Als sie verschwand, verengte sich das Leben zu einem Käfig. Ich musste ohne die Freiheit leben, die Augen zu heben. Zehn Jahre später war Anna vom dritten Stock bis ins Verlies zu unserer Kinderhochzeit heruntergekommen. Die Zeit war ein Brief, und er hatte sich mit einem Kuss verschlossen.

Anna war verrückt, was bedeutete das? Don Gaetano kam, als ich noch benommen hinter dem Tor stand. Sofort sagte ich ihm, dass ich die Hausmeisterwohnung benutzt und sogar die Tür zu der Treppe nach unten geöffnet hatte. Ich wusste nicht, wohin ich Anna sonst hätte bringen können.

»Das war richtig so, mein Junge, mach dir keine Sorgen.«

»Don Gaetano, wusstet Ihr, dass Anna verrückt ist?«

»Sie haben sie wie eine Verrückte behandelt. Sie wollte nicht sprechen, sie wollte von niemandem berührt werden. Man hat sie in eine Klinik geschickt, man schämte sich für sie. Solange sie hier war, ist sie nie aus dem Haus gekommen.«

»Sie sagt, sie sei verrückt.«

»Verrückte wissen es nicht und sagen es nicht.«

»Warum sagt sie es dann?«

Wir waren in der Hausmeisterwohnung angekommen, und Don Gaetano hatte begonnen, Gemüse zu schneiden.

»Im Alter der Gefühle kann das Herz dem Druck des Blutes allein nicht standhalten. Die Welt ringsum ist klein im Vergleich zu der Kraft, die sich in der Brust ausdehnt. Es ist das Alter, in dem eine Frau sich auf das kleine Maß der Welt beschränken muss. Sie spürt einen Sturm in ihrem Inneren und denkt, sie schafft es nicht, es erfordert eine zu gewaltige Kraft, sich zu beschränken.

Es ist ein gefährliches Alter. Frauen sind von einer körperlichen Leidenschaftlichkeit erfüllt, die wir nicht verstehen können. Wir können in Leidenschaft für eine Frau entbrennen, die Frauen entbrennen leidenschaftlich wegen einer Kraft, die sie in sich tragen. Es ist die alte Kraft der Priesterinnen, die das Feuer hüteten.«

Ich half ihm Kartoffeln schälen. Seine Worte über Anna passten mir nur bis zu den Füßen, weiter nicht.

»Was soll ich tun?«

»Du musst sie dünn schälen, denn von der Kartoffel darf nichts weggeworfen werden. Die Schale muss wie der Span sein, den der Hobel abhebt.«

»Was soll ich mit Anna tun?«

»Du musst sie treffen, du musst sie kennen, damit du sie dir aus dem Kopf schlagen kannst. Sie ist nichts für dich. Aber du bist nicht frei, wenn du sie nicht gekannt hast.«

»Ich wünsche mir keine Freiheit. Mit ihr zusammen wünsche ich mir das Eingeschlossensein in einem Zimmer.«

Wir ließen das Gemüse kochen und spielten Karten. Am Ende jeder Runde war die Summe der unpaarigen Karten ausgeglichen. Scopa war ein Spiel, das friedlich stimmte.

Mit Anna hatte es keine Schwellung gegeben. Im Sommer war sie immer häufiger entstanden, die

Witwe lockte mich an dieser Stelle. Mit Anna war das nicht passiert. Bei dem Kuss war mir das Blut in die Lippen gestiegen, ich hatte seinen Geruch im Mund gespürt. Durch Anna hatte ich ein Rauschen in den Ohren, eine trockene Nase, brennende Lippen und Durst. Während des Tages loderte ein Fieber auf und sank wieder. Ich trank Wasser, um nicht auszutrocknen.

Nachts lernte ich für die Schule, wie gewohnt. Latein machte mir Spaß, eine Sprache, die sich ein Rätselliebhaber ausgedacht hatte. Sie zu übersetzen war wie Rätselraten. Der Akkusativ gefiel mir nicht, sein Name war hässlich. Schön war der Dativ, theatralisch der Vokativ, unverzichtbar der Ablativ. Wie faul war das Italienische, das auf die Fälle verzichtete. In Geschichte langweilten mich die drei kleinen Unabhängigkeitskriege, aber mich interessierte der Widerstand des Südens, der unter dem Begriff Banditentum archiviert wurde. Die Sieger haben es nötig, die Besiegten zu verleumden. Der Süden aber war seinen Geschlagenen treu verbunden geblieben. Diese militärische Epoche war viel blutiger als die Scharmützel des Risorgimento mit der lächerlichen Doppelschlacht bei Custoza, die im Abstand weniger Jahre zweimal verloren wurde. Cavour war mir unsympathisch, Mazzini war der Gründer einer bewaffneten Bande. Garibaldi war zu einem günstigen Zeitpunkt gekommen, Pisacane zum falschen. Die Geschichte war eine Küche mit ihren Zutaten, veränderte man die Dosierung, kam ein ganz anderes Gericht dabei heraus.

Dieses Spiel konnte ich mit der Chemie und der Physik nicht machen. Die Atome hatten die Welt friedlich untereinander aufgeteilt, aber es hatte eine Zeit des Krieges zwischen Sauerstoff und Wasserstoff gegeben, bevor mithilfe der Formel des Wassers Eintracht erzielt wurde. Wasser ist ein Friedensvertrag. Chemie war das Studium des Gleichgewichts, das die Materie der Welt erlangt hatte.

Mit den Schulkameraden hatte ich wenig zu tun. Ich half bei Klassenarbeiten, doch nie wandte ich mich aus eigenem Antrieb an die anderen oder an die Lehrer. Ich gab Antworten, mehr nicht. Samstagnachmittag war ich zum Fußballspiel bestellt.

Torwart zu sein ist ein Blickwinkel. Der Torwart muss eine Position einnehmen, die den Schuss vorhersieht und ihn vorwegnimmt. Wird er im Strafraum bedrängt, muss er sich mitten in das Gewirr der Füße werfen. Das Privileg, die Hände benutzen zu dürfen, bezahlt er teuer. Ich hatte den zweitrangigen Mut, mir selbst völlig egal zu sein. Sie vertrauten mir die Aufgabe der Verteidigung an, die nobelste, und ich erfüllte sie. Ein Tor einzustecken bedeutete Scheitern. Es gibt keine unhaltbaren Schüsse. Das sind Fehler der Positionierung, wenn man den Schuss nicht richtig vorhersieht. Elfmeter hielt ich, bis auf die mit dem linken Fuß geschossenen. Linkshänder lassen sich schlechter einschätzen.

Sie haben einen Schwung im Fuß, der nicht vom Gehirn abhängt, sondern vom Fuß selbst. Auch ich bin Linkshänder.

Meine Kontakte zu den anderen in der Schule und beim Fußball waren wie Einwürfe. Ich warf den Ball und Fragen zurück ins Spiel. Auch ich war ein bisschen autistisch, wenn auch nicht so extrem wie Anna. Sie hatte das Zeug, in einer Festung zu sitzen und Belagerungen abzuwehren.

Immer noch verlor ich beim Scopaspiel drei von drei Partien. Sogar wenn ich ein gutes Blatt mit der Goldenen Sieben hatte und den Extrapunkt für die höchsten Karten aller Farben bekam, gelang es Don Gaetano, aufzuholen, weil er die Karten vor Augen hatte. Er las nicht in meinen Gedanken, diesen Vorteil nutzte er nicht aus, er berechnete die Wahrscheinlichkeit.

»Don Gaetano, wann werdet Ihr mir die Ehre erweisen, eine Partie mit Euch spielen zu dürfen?«

Der Graf stand vor dem Fenster der Portierloge und lud sich an unseren Tisch ein.

»Nichts für ungut, aber Ihr seid ein zu schwacher Spieler. Spielt mit dem Jungen, und wenn Ihr gewinnt, spielen wir eine Partie.«

Der Graf begnügte sich mit einer kurzen Qualifikationsrunde gegen mich, und er verlor.

»Die Karten sind mir nicht wohlgesinnt«; »Was für ein tückischer Zug«; »Wenn er diese Karte hat, kann ich keinen Stich mehr machen«. Verärgert stand er auf und verabschiedete sich nur von Don Gaetano. Sein Rasierwasser brachte einen zum Niesen. »Wenn man dauernd in einer Wolke aus Kölnischwasser lebt, dann muss man ja benebelt sein, kein Wunder, dass er immer verliert.« Als der Graf draußen war, öffnete Don Gaetano das Fenster und wedelte die Luft mit einem Lappen hinaus.

Don Gaetano sang ein Lied, das er auf dem Schiff nach Argentinien gelernt hatte.

»Ich will weit, weit fort
Dass mich nicht mal der Wind findet
Dass mich nicht mal der Wind findet
Auch die Sonne nicht, die immerzu wandert.«

Es war das Liedchen eines jungen Bauern aus den Marken, sein Pritschennachbar im Kielraum. Von den zwanzig Jahren in Argentinien erinnerte er sich an die Überfahrt, den Ozean. Er hatte den Wunsch des Jungen erfüllt, der über das Tor des Waisenhauses sprang, um die hell erleuchteten Schiffe zu sehen, die im Golf vor Anker lagen.

»Reisen, das sind nur die Schifffahrten übers Meer, Zugfahrten sind es nicht. Der Horizont muss leer sein und den Himmel vom Wasser trennen. Ringsumher darf nichts sein, und über dir muss Unendlichkeit lasten, dann ist es eine Reise. Manche weinten, denn trotz der Armut, die sie zur Ausreise zwang, litten sie unter dem Verlust. Bis auf wenige, die Schlimmsten, war niemand auf Abenteuer aus. Für die Fahrkarte wurden die Ersparnisse mehrerer Familien zusammengelegt. Die Auswanderer waren ihre Investition in die Zukunft. Durch den Erfolg ihres Verwandten würden sie entschädigt werden. Diese erdrückende Aufgabe, die Verpflichtung, sein Glück zu machen, war so belastend wie die Weite des Meeres. Denen, die weinten, sagte ich, mit diesem Salzwasser würden sie den Ozean noch größer machen. Die Reise sollte dazu dienen, den Ausgangspunkt zu vergessen. Sie dauerte fast einen Monat, und am Ende gingen Männer an Land, die bereit waren, Männer, die die Nase in die Luft reckten.«

Und ich brach mir an diesem Samstag die Nase. Ich hatte mich zwischen die Beine geworfen, um den Ball zu erwischen, ich war vor dem Schuss da, doch im Eifer des Gefechts schoss der andere trotzdem und traf mich im Gesicht. Den Ball hielt ich noch fest, als der Schiedsrichter wegen des Fouls pfiff, ich fasste an meine Nase und fand sie verschoben. Ich muss furchtbar ausgesehen haben, die anderen starrten mich erschrocken an. Ein Medizinstudent nahm meine Nase zwischen zwei Finger und rückte sie mit einer entschlossenen Bewegung gerade. Der Knorpel war entgleist, und er hatte ihn wieder an seinen Platz gerückt. Er sagte, im Knochen gebe es eine Vertiefung, eine Infraktion. Ich wurde als Torwart ausgewechselt, legte mir Eis auf die Nase, um das Blut zu stoppen.

Am Ende des Spiels kam der Gegner sich entschuldigen.

Ich erinnerte mich an einen Satz aus Don Gaetanos Erzählungen und antwortete: »Solche Sachen passieren am Tag davor.«

»Am Tag wovor?«

»Am Tag vor dem Glück.«

Er ging kopfschüttelnd weg. Ich kam mit geschwollenen Veilchenaugen zu Hause an. Don Gaetano machte mir eine Packung mit Salzwasser.

Ich schlief mit Schmerzen in einem Karussell aus Träumen. Als ich aufwachte, war es dunkel. In der Nase spürte ich nichts, ein Pfropfen trockenen Bluts verstopfte sie. Vor Anna wollte ich auf die Nase nicht verzichten. Ich wickelte ein wenig Toilettenpapier um einen Kugelschreiber und versuchte damit, einen Weg in den Nasenlöchern zu öffnen. Der Schmerz drückte mir Tränen aus den Augen. Also versuchte ich, das Gerinnsel mit warmem Wasser aufzulösen, es floss rosa heraus.

Ich vertrieb den Schmerz mit Gedanken an Anna und schnaubte durch die Nasenlöcher, aber die Luft kehrte in die Kehle zurück. Nach mehrfachem Schnauben und Waschen gab der ganze Pfropfen plötzlich nach, und wieder floss das Blut. Jetzt konnten Gerüche aufsteigen, die der kastanienbraunen Haare, die wollte ich. Den ganzen Tag über spülte ich mir die Nasenlöcher mit warmem Wasser, damit sich nicht wieder ein Klumpen bildete.

»Don Gaetano, ich spiele Schornsteinfeger.«

»Lass die arme Nase in Ruhe.«

Ich hatte darauf bestanden, dass wir die geplante Arbeit trotzdem machten. »Nur mein Gesicht hat was abgekriegt, nicht die Arme.« Die Arbeit war leicht, eine neue elektrische Anlage, Kabel, die durch Leitungen gezogen und dann verbunden werden mussten. Um die Mittagszeit waren wir fertig. Der Dampf der Suppe überraschte mich, er roch nach Blut. Ich kaute Brot mit Oliven. Don Gaetano bestand drauf, dass ich ein Glas Wein trank. »Für das Blut, das du verloren hast, Wein schafft den Ausgleich.«

Ja, er gleicht aus. In der Osteria aber überholte er den Gleichstand und brachte die Männer ins Schleudern. Don Gaetano ging abends hin, um ein bisschen Gesellschaft zu haben. Bei der Rückkehr hing jemand an seinem Arm, der sich vom Wein hatte überholen lassen.

»Der da auf mich gestützt war, hat gestern Abend den Liter auf die Straße gekotzt. Sie trinken, ohne zu essen, mit ihren paar Münzen zahlen sie den Wein ohne ein Stück Brot. Er entschuldigte sich bei mir. ›Das macht nichts‹, sagte ich, ›es tut mir leid für Euch, Ihr seid leerer als vorher.‹ Die Osteria ist besser als Theater, an jedem Tisch wird eine Komödie aufgeführt. Tragödien nicht, in der Osteria werden nur leichte Stücke gegeben, wer große Probleme hat, kommt nicht her.«

Nach dem Essen zog er sich den Mantel über und sagte beim Hinausgehen, er komme erst spät zurück.

»Mach die Hausmeisterloge zu, wenn du mit deinen Sachen fertig bist, wir sehen uns morgen.«

Die Stille hinter ihm, nachdem das Tor zugefallen war, die Stille eines Sonntagnachmittags versengte mir die Ohren. Ich bedeckte sie mit den kühlen Handflächen. Als ich Luft durch die Nase zog, kam sie hindurch, doch ich spülte die Nase trotzdem mit lauwarmem Wasser aus. Wieder floss rosa Wasser heraus.

Es machte mir nichts aus, dass ich mir am Tag vor dem Glück die Nase gebrochen hatte. Wer aufgerufen ist, das Tor zu hüten, trägt Verantwortung für die ganze Mannschaft. Am Tag vor der Freiheit war Don Gaetano mit den Neapolitanern in den Kampf gezogen. Er hatte sich nicht zu Hause eingeschlossen, um abzuwarten. Er hatte das Notwendige getan, ich auch. Und wenn die Freiheit ihn am nächsten Tag tot aufgefunden hätte? Schlimmer wäre es, wenn sie ihn versteckt gefunden hätte. Freiheit muss man sich verdienen und verteidigen. Das Glück nicht, das ist ein Geschenk, es hängt nicht davon ab, ob man ein guter Torwart ist und Elfmeter hält. Das Glück: Wie konnte ich mir erlauben, es zu benennen, ohne es zu kennen? In meinem Mund klang das Wort unverschämt, wie wenn einer damit prahlt, eine Berühmtheit zu kennen, indem er sie nur mit Vornamen nennt, Marcello sagt, wenn er Mastroianni meint.

Nur das wusste ich von Anna und vom Glück: den Namen. Wo sollte ich sie suchen, wenn sie nicht kam? Bestimmte Vertraulichkeiten durfte ich mir nicht erlauben. Erst nachdem sie gekommen sein wird, werde ich sagen können, was das ist, dieses Glück.

Ich nahm die Hände von den Ohren. Die Gedanken hatten sie mir gewärmt. Es herrschte keine Stille mehr. Von einem Balkon hörte man ein Radio, von einem anderen Tellerklappern. Ich musste den Abwasch machen, danach ging ich auf den Hof. Über mir stiegen Wolken in die Höhe. Das Pflaster war nass von tropfender Wäsche. Wind war aufgekommen, und die Melancholie eines ausklingenden Tages zwickte mich. Ich stellte mir den Sonnenuntergang vor, die Sonne, die hinter dem Berg zu Boden sank und ineinander verkettete, lang gestreckte Wolken hinter sich herzog. Ich ging auf die Straße hinaus, um welche Uhrzeit ich Anna erwarten sollte, wusste ich nicht. Vom Tag des Glücks blieb nur noch ein kleiner Rest.

Wie sollte ich diesen Tag nennen, wenn sie nicht kam? Dann musste ich ihm keinen Namen geben. Er wäre ein gewöhnlicher Tag, der die notwendigen Dinge enthielt, sogar ein bisschen Griechischlernen. Aber ich mochte Platon nicht, er hatte die Dialoge des Sokrates geschrieben – wie hatte er sich das nur herausnehmen können? Hatte er sich abends Notizen gemacht, wie ich es mit Don Gaetanos Geschichten machte, oder behielt er alles im Gedächtnis? Platon schwindelte, er legte seinem Lehrer und den anderen in den Mund, was ihm passte. Und er versteckte sich hinter ihnen. Tut ein Schriftsteller so etwas? Das darf er nicht tun. Der Schriftsteller muss kleiner sein als der Gegenstand, von dem er erzählt. Man muss erkennen, dass die Geschichte ihm nach allen Seiten entwischt und dass er nur wenig davon einsammeln kann. Wer liest, freut sich an diesem Überfluss, dem Ausufern über den Schriftsteller hinaus. Aber bei Platon bleibt die Geschichte in ihrem Gehege eingeschlossen, er lässt keine unabhängige Lebensregung entwischen. Seine Dialoge sind in Zweierreihen aufgestellt, Rede und Gegenrede, und weiter marsch.

Dieser Gedanke kam mir, als ich die uniformierten Jungen in Zweierreihen aus der Militärakademie Nunziatella herauskommen sah. Im Gymnasiumsalter, so wie ich, studierten sie an der Kadettenanstalt. Sie gingen hinunter nach Santa Lucia, und stromaufwärts kam ihnen der elastische Gang von Anna in die Quere. Sie brachte die Zweierreihen durcheinander, schritt mitten hindurch, die Jungen traten beiseite, und sie lief an ihnen vorbei. Mit hoch erhobenem Kopf kam sie herauf, in einem engen geblümten Kleid, sie war Silberfolie um einen Strauß Blumen. Im Arm hielt sie ein Paket, die frisch gewaschenen Haare folgten dem Wogen ihrer Schritte. Ich schnaubte durch die Nase, um den Geruch schon von Weitem aufzunehmen. Eben brach der Abend an, die Lichter begannen zu erglimmen. Noch konnten sie nichts erhellen, sie dienten dazu, ihr ein Lächeln als Antwort zu entlocken. Für einen Herbstabend war sie leicht gekleidet. Sie trug Schuhe mit Absätzen, die den ganzen Körper in die Höhe schoben. Sie hatte sich Farben im Gesicht aufgelegt.

»Lass mich rein«, und sie blickte hinter sich.

Wir schlüpften schnell durch das Tor in die Hausmeisterwohnung. Ich spürte ein starkes Klopfen im Kopf, der Schmerz in der Nase schlug dröhnend wie eine Glocke. In der Küche drehte sie sich um und gab mir das Paket, es waren Betttücher. Sie nahm mein Gesicht zwischen ihre Hände und drückte den rosa nachgezeichneten Mund gegen meinen, während sie tief atmete. Es war ein unvergleichlicher Schmerz, ein scharfes Stechen in den Augen, gleichzeitig ein Schokoladenschmelz im Mund. Im selben Moment sah sie mein um die Nase geschwollenes Gesicht: »Was ist passiert?« »Ein Fußtritt, gestern.« Sie fragte nicht weiter.

»Ich habe Bettzeug gebracht«, und sie ging auf die Tür zu, hinter der die Treppe nach unten führte. Ich zündete die Kerze an und sperrte die Stadt hinter mir zu.

Wir stiegen dort hinab, wo niemand uns erreichen konnte. Anna folgte mir, eine Hand auf meinem Nacken, aus ihrem Körper kam eine Kraft, die die Luft bewegte.

Der Kuss war gewaltsam gewesen, der Griff um meinen Hals nahm mir die Luft. Am Ende der Treppe stellte ich die Kerze auf den Boden, sie machte das Bett. Ich sah ihr zu, wie sie sich bewegte. Eigentlich tat sie nichts, eher gab sie den Dingen Befehle, und die gehorchten. Sie hatte das erste Laken mit einem Schwung aufgefaltet, und es hatte sich flugs auf der Matratze ausgebreitet, musste nur noch festgesteckt werden. So auch beim zweiten und bei der Decke. Sie kam zu mir und begann mich zu entkleiden. Die Jacke war schon fort, die Hemdknöpfe öffneten sich unter ihrem Druck von selbst, mit einer raschen Bewegung, die mich und die Flamme erbeben ließen, zog sie mir das Hemd aus. Sie legte ihr Ohr an meine angespannte, über den Rippen eingefallene Brust, presste mit beiden Händen gegen meine Seiten, und mir blieb der Atem stehen.

»Vorsichtig Anna, du zerbrichst mich.«

»Ruhig, ich lausche deinem Blut voller Luft.«

Sie zog mir den Gürtel heraus, sofort rutschten die Hosen, weil ich mager war. Sie drückte mich auf das Bett und zog mir Schuhe und Strümpfe aus. Ich war nackt und schlüpfte unter die Laken, sie zog sich nicht einmal die Schuhe aus und kam ins Bett.

Ich war zwischen der Wand und ihr. Sie legte sich auf mich. Ihre kleinen Brüste breiteten sich auf meinem Oberkörper aus, ihre Arme schlossen sich um meinen Rücken und hielten mich fest. Sie wandte keine Kraft auf, aber ich konnte mich nicht bewegen.

Auch die Beine waren zwischen ihren eingeklemmt. Atmen konnte ich nur, wenn sie nicht drückte. So viel Kraft ohne die geringste Anstrengung schien mir unvorstellbar. Sind Frauen so im Glück? Kann ihre Umarmung zermalmen? Die Witwe war nicht so, ich war derjenige, der sie hielt.

Anna senkte ihr Gesicht in meine Halsbeuge, rieb dort mit Lippen und Zähnen, eine feuchte, glühende Hitze ging von ihr auf mich über, ich roch das Blut, vermischt mit dem Zimt der Maronenhaare. Je tiefer sie in die Halsbeuge sank, desto mehr ergab ich mich. Ich achtete nicht mal mehr darauf, dass ich kaum atmete. Mein Geschlecht schwoll an. Ich reckte den Hals, damit sie mehr Platz in mir hatte. Für eine Zeit, die ich nicht zählen konnte, war sie die Kletterpflanze, die einen Balkon umrankt. Unsere Geschlechtsteile waren durch ihr Kleid getrennt und fügten sich ineinander. Durch ihres ging ein Zucken, sie drückte mich mit beiden Armen, sie knackten, sie atmete kleine Knurrlaute aus bis zu einem Biss, der mir den Schmerz von der Nase weg in den Hals holte. Dann leckte sie die Stelle.

»Habe ich dir wehgetan?«

»Nein.«

»Hast du Angst?«

»Ja.«

»Vor mir?«

»Ja, und kein Mut könnte so schön sein wie diese Angst.«

Anna hob den Kopf von meinem Hals, ihr Mund war rotverschmiert. Das Kerzenlicht färbte ihre Stirn mit den Farben des Sonnenuntergangs. Die Haarsträhnen waren nachgezogene lange Wolken. Sie betrachtete mich weit geöffneten Augen, senkte ihre Blutlippen auf meine. Sie drückte ihren Mund in meinen, so tief, dass ich ihn in der Kehle spürte. Mein Geschlecht war ein Stück Holz, das an ihrem Bauch klebte. Der Druck ihres Kusses wurde schwächer, sie löste sich von mir, wich seitlich aus, drehte mich um, und ich war über ihr. Sie nahm die Arme von meinem Rücken, führte meine Hände auf ihre Brüste. Dann spreizte sie die Beine, zog ihr Kleid hoch und schob, mich an den Hüften haltend, mein Geschlecht gegen ihre Öffnung. Ich war ein Ding, das ihr gehörte, und sie bewegte es. Bereit, abwartend, hielten unsere Geschlechtsteile still, berührten sich kaum, Balletttänzer auf Zehenspitzen. So blieben wir eine Weile. Anna schaute nach unten, zog meine Hüften zu sich heran, ein Befehl, der mich hineindrängte. Nicht nur mein Geschlecht, mein ganzes Ich drängte hinein, in ihre Eingeweide, in ihr Dunkel, mit aufgerissenen Augen, die nichts sahen. Mein ganzer Körper befand sich in meinem Geschlecht. Durch ihren Druck kam ich hinein und blieb reglos. Während ich mich noch an die Ruhe gewöhnte, an das Pochen des Blutes zwischen Ohren und Nase, stieß sie mich ein wenig heraus und dann wieder hinein. Das tat sie wieder und wieder, sie hielt mich fest umklammert und bewegte mich im Rhythmus der Brandung. Sie bewegte ihre Brüste unter meinen Händen, verstärkte die Stöße. Ich kam bis zur Leiste hinein und fast ganz wieder hinaus, mein Körper war ein Räderwerk, das nur ihr gehörte. Sie atmete nicht, ihre geöffneten Augen blickten in die Ferne.

»Anna!«, rief ich unter ihren entfesselten Manövern.

»Ja«, »ja«, die Silben kamen klar von ihren Lippen. Ich rief sie, damit sie atmete, damit ich »Ja« hörte. Ihr Ja rief mich, und gerade wollte ich es auch sagen, als ein Stoß kam, der mich in sie bohrte, ohne Zurück. Sie löste die Hände von meinen Hüften, und all das Ja, das sich in ihr bewegt hatte, kam aus meinem Geschlecht. Mein Ja der Entleerung und des Abschieds, des Willkommens, das Ja der Marionette, die in sich zusammenfällt, ohne die Hand, die ihre Fäden hält. Ich drehte mich auf die Seite und sah das Bett blutbefleckt.

»Es ist unseres, die Tinte für den Pakt. Du hast deine Initialen in mich geschrieben, ich hatte sie unversehrt erwartet. Ich werde ihnen einen Körper und einen Namen geben.«

»Anna, in deinen Händen erkenne ich, wozu ich gut bin, das ist es, wozu ich diene.«

Sie küsste meine Mundwinkel, fuhr mit der Zunge darüber.

»Du schmeckst gut, ich musste mich beherrschen, um dich nicht zu essen.« Sie lächelte nicht.

»Darf ich dich küssen?«

»Nein, du bist Blütenstaub, du gehorchst mir, denn ich bin der Wind.«

Ist dies das Glück, sich fangen zu lassen? Anna hockte sich auf mich. Mit den Beinen drückte sie meine Arme hinunter und hielt sie fest. Mit den Fingern der rechten Hand umschloss sie meine Kehle, mit der linken streichelte sie mein Gesicht. Sie drückte fester.

»Willst du für mich sterben? Willst du für die verrückte Anna sterben?«

Unter ihr ans Bett genagelt, konnte ich nur mit dem Kopf nicken. Sie fuhr fort, mich zu streicheln und zu drücken.

Ich hatte nur die Augen, um zu bejahen. Ich atmete nicht und wehrte mich nicht. Sie drückte weiter, ich schloss die Augen und sah alles weiß.

Ich wachte im Dunkeln auf, die Kerze war heruntergebrannt, Anna verschwunden. Blind suchte ich nach meinen Kleidern, zog mich an und erklomm die Treppe auf allen vieren. Das brennende Licht war ein Schlag in die Augen, ich sah die Uhr, neun Uhr abends. Don Gaetano war noch nicht zurück. Ich ging in meine Kammer, wusch mich. Überall war ich mit Rot beschmiert. Die Nase war ein zweitrangiger Schmerz, meine Kehle brannte an der Stelle der Umklammerung. Ich trank einen Schluck Wasser, der nicht durch die Kehle hindurch kam.

Ich schluckte es löffelweise und legte mich aufs Bett. Das war der Tag des Glücks gewesen, der schrecklichste meines kleinen Lebens.

Am nächsten Tag fehlte ich in der Schule. Ich schaffte es nicht, aus dem Bett zu steigen. Eine Bestandsaufnahme der schmerzenden Stellen machte ich nicht mehr, es ging schneller, wenn ich die heilen Teile zählte. Die Nase war wieder verstopft, und ich ließ sie so. Ich wollte keine Gerüche riechen, ich wollte nichts spüren.

Don Gaetano, der mich nicht hatte hinausgehen sehen, kam vorbei. Ich bedeckte mir den Hals mit einem Taschentuch. Er sagte, er würde mir mittags etwas zu essen bringen.

»Macht Euch keine Umstände, ich stehe schon auf, bin nur ein bisschen schwach.« Es war die Schwäche, bei der man sich zusammenrollt, um wieder zu Kräften zu kommen. Ich hatte ein Buch über das Bergsteigen gelesen, eines der gebrauchten Bücher von Don Raimondo. Es berichtete von der Erschöpfung nach dem Aufstieg zum Gipfel, dem Drang, darüber einzuschlafen, während man im Gegenteil unbedingt absteigen muss, damit die Dunkelheit einen nicht zu weit vom Zelt entfernt erreicht. Auch ich musste vom Gipfel des Glücks absteigen. Ich hatte es mir nicht so abenteuerlich vorgestellt. Anna war ein Sturm gewesen, und ich wollte, dass sie nicht aufhörte. Ich wollte keine Rückkehr in heiteres Wetter. Was sollte ich damit anfangen, vor ihr geschützt zu sein? Sie war fortgegangen, sie war weitergezogen, um ihre gewalttätige Kraft woanders zu entladen. Am Tag nach dem Glück war ich ein Bergsteiger, der beim Abstieg ins Schleudern gerät.

War ich nun auch verrückt, oder war das der unaussprechliche Name der Liebe? Wenn er im Kino ausgesprochen wurde, war er entwürdigt. Und doch waren die Schauspieler darauf spezialisiert, sie hatten an der Akademie studiert, sie hatten vor dem Spiegel geübt, waren vor einer Jury und vor dem Publikum aufgetreten, um schließlich zu sagen: Ich liebe dich.

Aber auf Hausmauern und in Baumrinden geschrieben war dieser Name besser. Er hatte größere Chancen, anzukommen. Ihn zu sagen war wie ihn auszuspucken. Ihn auszusprechen bedeutete, ihn zu vergeuden. Bis kurz vor dieser Szene zeigte sich die Liebe maskiert hinter Verlegenheitsgesten, einem Krampf der Gesichtsmuskeln. Doch sobald sie erklärt wurde, war sie verraten, von der Formel widerlegt, die sie kundtun sollte. Jedes »Ich liebe dich« war im Kino ein Scheitern. Keiner konnte es richtig sagen. Noch unmöglicher war es für mich, den Analphabeten der Gefühle, um das Wort Liebe herumzuschleichen. Ich war nur bereit, Anna zu gehören, der diensthabende Körper einer Bewegung, zu der es sie drängte. Ich wollte nicht vom erreichten Gipfel herabsteigen, ich wollte dort oben bleiben und flattern wie ein Fähnchen.

Dieser Gedanke gab mir Kraft. Ich stand auf, nahm ein Buch und lernte. Mittags ging ich zu Don Gaetano. Er hatte Gemüse gekocht. »Zehn Sorten habe ich hineingetan.« Draußen schlug der Herbst gegen die Fenster. »Libeccio-Wind, der weht drei Tage lang. Er hindert die Schiffe am Auslaufen. Wer schon draußen auf dem Meer ist, wird durchgeschüttelt, und wer auf einer Insel ist, der zuckt bloß die Achseln.«

Salzige Luft drang in die Gassen, die Stadt nahm den Geschmack des Meeres an. Die Brecher barsten über dem Damm der Klippen und fegten über die Uferpromenade.

Nach dem Mittagessen gingen wir der jungfräulichen Luft entgegen, die noch keine Erde berührt hatte. Der Sauerstoff peitschte die Wellenkämme. Die Windstöße des Libeccio machten meine Nase frei. Die Mäntel flatterten, wer mit einem Hut draußen war, hielt ihn mit der Hand fest. Während wir vom Hafen bis zur Bucht von Mergellina wanderten, sprachen wir fast nichts, der Wind riss die Worte mit sich.

»'O vient'«, im Dialekt war der Wind noch schneller und frecher. *'O vient'*, ich wiederholte das Wort, wie am Tag zuvor Annas Namen. In der Bucht schaukelte das Hellgrau eines amerikanischen Flugzeugträgers, er war eine am Bug und am Heck abgeschnittene leere Straße. Sie hatte nichts mit der Bucht und den vor Anker liegenden Schiffen zu tun,

sie gehörte nicht zur vulkanischen Erhebung und zur Küste, die wie der Rücken eines Wals aus dem Meer ragte. Das Deck des Flugzeugträgers war eine verlassene Straße, das Gegenteil der überbevölkerten Stadt.

Mit all der Kraft, die er aufwandte, empfand ich den Wind wie eine Massage, nach Anna. Am zerzausten Himmel flogen zerfetzte Wolken, plötzlich ergoss sich ein Lichtstrahl aufs Meer, und der Schaum der Sturzwellen blendete. In Wirklichkeit hat das Meer keine blaue Farbe, es ist weiß. Man muss es gegen die Klippen schleudern, um das Weiß hervorblitzen zu sehen. In ihrem Inneren muss die Natur weiß sein, wir dagegen sind innen rot. Das Meer, der Himmel, sogar das Feuer haben ein verborgenes Weiß, das ich gesehen hatte, als Annas Finger gegen meine Kehle drückten.

In Mergellina gingen wir in eine Bar, Don Gaetano wollte einen Kaffee spendieren. Wir waren eine Stunde lang gegen den Wind gelaufen, unsere Gesichter waren rau, die Ohren betäubt. Die heiße Tasse wärmte die Finger, sie war das Richtige für die Sinne, die sich um sie versammelten. An die Theke gelehnt, nippten wir mit gespitzten Lippen vom Kaffee, zwei Hornissen, die über der Blume schwebten.

»Sie ist nichts für dich.« Das Stimmengewirr in der Bar und der Lärm der Espressomaschine, die Dampf ausfauchte, verwirrten mich, ich verstand nicht sofort, was er zu mir sagte.

»Das Mädchen ist nichts für dich.«

»Das habt Ihr mir schon gesagt, und ich gebe Euch recht.« Ich stellte die Tasse ab.

»Ich kann mich nicht mit ihr messen. Jetzt bin ich jemand, den sie braucht. Wofür, weiß ich nicht. Aber ich möchte gerne für etwas gebraucht werden. Anna hat eine Kraft, der man nicht widerstehen kann.«

Don Gaetano schaute hinaus aufs Meer.

»Gebrochene Nasen heilen, aber das Blut kehrt nicht zurück. Das, was herausfließt, ist verloren.«

»Was soll ich denn mit meinem? Wofür soll ich es aufbewahren? Wenn sie mich darum bittet, gehört es ihr.«

Don Gaetano drehte sich wieder zur Theke um und trank den letzten Schluck Kaffee.

»Mit *deinem* Blut kannst du tun, was du willst, mit dem Blut anderer nicht.«

Ich verstand nicht und konnte nicht fragen. Draußen riss der Wind das Weiß vom Meer und verstreute es auf den Straßen. Es war das Auswerfen von Reis auf die frisch Vermählten.

Wir gingen hinaus, auf dem Rückweg nahm der Wind uns von hinten, er packte uns im Nacken, teilte Tritte aus. Ein größerer Brecher bespritzte uns, vor lauter Freude rannte ich ein paar Schritte. Don Gaetano rückte sich die durchnässte Baskenmütze auf dem Kopf zurecht. Wir waren allein, *'o vient'* hatte die Stadt in die Häuser eingesperrt. Ich stellte sie mir verlassen vor, die geflüchteten Menschen hatten die Türen offen und die Töpfe auf dem Feuer stehen lassen. Ich konnte in alle Häuser hinein, mich auf den Stuhl des Bischofs und auf den des Bürgermeisters setzen, im königlichen Palast wohnen und die Schiffe besteigen. Sogar die Amerikaner waren verschwunden und hatten den leeren Flugzeugträger mitten auf dem Golf zurückgelassen. Bei der Vorstellung juckte meine Nase. Das dauerte so lange, bis ich sie gegen den Wind laufend auf uns zukommen sah. Sie liefen in der Gruppe, T-Shirt, Shorts und Turnschuhe. Wir waren dick vermummt und sie halbnackt: Die Einwohner waren verschwunden, die Marsmenschen waren gelandet. Don Gaetano und ich betrachteten unsere Füße, um zu sehen, ob wir auf dem Boden standen oder in der Luft schwebten. Laufen war für uns eine ernste Angelegenheit.

Bei uns fing man an zu laufen, wenn man vor einem Erdbeben, einem Luftangriff fliehen musste. Laufen, ohne verfolgt zu werden, war wie Wasserkochen, ohne Pasta zu haben. Sie kamen an uns vorbei, auf ihre Bewegungen konzentriert, gegen den Wind keuchend.

»Sie können nicht echt sein, Don Gaetano, das ist eine Halluzination, es muss am kochend heißen Kaffee liegen.«

»Doch, es gibt sie wirklich. Sie sind das letzte Volk, das die Welt hervorgebracht hat, sie sind als Letzte angekommen. Was sie können, ist Krieg führen und Autos bauen. Es ist ein Volk von großen

Kindern. Wenn du sie fragst, wo sie hier sind, antworten sie: weit weg von zu Hause. Es gibt sie. Für sie sind wir diejenigen, die nicht existieren. Sie kreuzen unseren Weg, sie gehen an uns vorbei, und sie sehen uns nicht. Sie leben hier und sehen nicht einmal den Vulkan. Ich habe in der Zeitung gelesen, dass ein amerikanischer Matrose in den Krater des Vulkans gefallen ist. Nichts Außergewöhnliches, er hat ihn einfach nicht gesehen.«

Nachdem wir die Uferstraße verlassen hatten, tauchten unsere Leute wieder in den Gassen auf, eine versprengte dichte Menge. Die Alten bewegten sich unsicher, suchten nach Halt, die Kinder breiteten die Arme aus, um sich von den Windstößen tragen zu lassen. Nirgendwo hing Wäsche zum Trocknen, sie war eingeholt, damit sie in den Böen nicht davonflog. Ohne hängende Bettlaken sah man den Himmel, mit Wolken gesprenkelt, dick und duftend wie frittierte Panzarotti.

»Hast du Appetit?«, fragte Don Gaetano, als er nach oben schaute.

Er hatte meinen Gedanken über die Wolken gehört.

»Das ist ihre Schuld, sie sind so schön frittiert.«

Es war der Tag der Genesung vom Glück. Don Gaetano und *'o vient'* hatten die Aufgabe übernommen, mir beim Überstehen dieses Sonntags zu helfen. Es war ihnen gelungen. So habe ich gelernt, dass man das Glück am folgenden Tag vergessen muss. Ich dachte nicht an Anna. Die Blessuren an meinem

Körper genügten, um das rasche Vorüberstreifen des Glücks zu bezeugen.

In der Hausmeisterloge wartete La Capa, der Don Gaetano etwas fragen wollte.

»Denn Ihr habt ja am Priesterseifenar studiert.«

»Am Priesterseminar.«

»Genau, und weil Ihr da studiert habt, wisst Ihr bestimmt, dass es in Rom die Kackatomben gibt?«

La Capas Auftritt befremdete uns etwas. Ich verdrückte mich rasch auf die Toilette, Don Gaetano sah man die Verwunderung an, aber er blieb gefasst.

»Da bin ich mit meiner Signora und der Kleinen gewesen. Vor langer Zeit gab es die Christen, und die mussten sich dort verstecken. Aber, Don Gaetano, ich finde, das war schon richtig, sich zu verkriechen, wenn man heilig ist und gefressen wird …«

»Gefressen?«

»Na, von den Löwen gefressen!«

»Die Märtyrer?«

»Genau die. Ich sag, das ist schon in Ordnung, weil das sind heilige Christen und märtoriert.«

»Jetzt werden sie noch zu Stein. Nein, sie sind nicht marmoriert und auch keine Statuen, es sind Märtyrer.«

»In Ordnung, aber warum müssen sie in die Kackatomben kacken? Ich hab meine ganze Familie da hingebracht.«

»Roch es dort schlecht?«

»Nein, eigentlich nicht. Meine Signora, bitte zu entschuldigen, ist dumm und hat nichts verstanden, aber mir war das peinlich und genierlich.«

»Wahrscheinlich wurde gerade an den sanitären Anlagen gearbeitet.«

»Bestimmt, aber ich sag, das ist kein schöner Ort zum Herzeigen, die Kackatomben von den Christen.«

»Bei allem, was es in Rom zu sehen gibt, musstet Ihr ausgerechnet dorthin?«

»Da haben sie uns halt mit dem Omnibus hingebracht.«

»Und das war der ganze Ausflug?«

»Aber nein, wir sind nach San Pietro und haben die ganzen Konnoladen gesehen.«

»In San Pietro gibt es einen Laden?«

»Nicht doch, aber da waren ganz viele Reihen von Konnoladen, sogar dicht beieinander.«

»Säulen?«

»Genau die. Wie schön weiß die waren, wie wenn man Schuhe mit Bleiweiß färbt. Jedenfalls wollte ich Euch fragen, wo Ihr doch da an diesem Seifenar studiert habt, ob Ihr gelernt habt, was es damit auf sich hat, mit diesen Kackatomben in Rom.«

»Das erfahre ich gerade von Euch.« Und so ist er ganz verwundert wieder abgezogen, der Schuhmacher La Capa, gerade zurück von seinem Ausflug nach Rom.

»Don Gaetano, Ihr könnt so ungerührt bleiben und der Versuchung widerstehen, La Capa auszulachen, Ihr seid ein Held.«

»Im Gegenteil, ich habe Angst. Wenn der merkt, dass man ihn auf den Arm nimmt, kocht ihm die Galle über. Pass auf, dass dir vor ihm kein Lacher entwischt, dann garantiere ich für nichts.«

»Darum verdrücke ich mich ja auch sofort, wenn er auftaucht, aber ich stecke mir einen Lappen in den Mund und höre genau zu.«

Wir spielten Karten und aßen den Rest Minestrone auf, ich trank sogar ein ganzes Glas Wein aus Ischia. Don Gaetano behandelte mich anders, er hatte mich an diesem Tag noch kein einziges Mal »Junge« genannt. Nach dem Essen erzählte er wieder vom Krieg.

»Wir hatten uns an den Unsinn im Radio, in den Zeitungen gewöhnt: das Vaterland, die heldenhafte Verteidigung der Grenzen, das Reich. Wir hatten das Reich, Brot und Kaffee fehlten, aber wir hatten das Reich.

Als die Amerikaner kamen, schlugen sich derselbe Radiosender und dieselben Zeitungen auf ihre Seite. Von einem Tag zum anderen war der Feind zum Befreier geworden. Dieselben Journalisten schrieben nun das Gegenteil von dem, was sie vorher geschrieben hatten. Es war eindrucksvoll zu lesen, wie nun alles auf den Kopf gestellt wurde. Die Türken waren Christen geworden, keiner war mehr Faschist und auch vorher nie gewesen. Sie wollten ihren Arbeitsplatz behalten, das war ihr Gesetz. Aber es gab so viele Neuigkeiten allenthalben, dass auch dies nur eine Nichtigkeit war. Auf einmal gab es Weißbrot, die Amerikaner hatten Mehl an die Bäckereien verteilt, woran es seit Jahren gemangelt hatte. Und zusammen mit dem Weiß des Brotes kam die dunkle Farbe der Schwarzen, noch nie hatte man welche in der Stadt gesehen. Unentwegt bekreuzigten sich die alten Weiber auf der Straße.«

Don Gaetanos Erzählungen öffneten mir die Ohren. Seine metallische Stimme kitzelte meine Einbildungskraft. So konnte ich das erste mit weißem Mehl gebackene Brot probieren, sehen, wie die vom schwarzen Soldaten erschreckten alten Weiber die Augen zum Himmel hoben, das bedruckte Papier des neuen Geldes, das die Lire ersetzte, zwischen den Fingern spüren. Don Gaetano zuzuhören machte mich zum späten Zeugen seiner Zeit. Seine Erzählung war ein Pfeifenspiel wie das vom Rattenfänger, und meine verzauberten Sinne folgten ihm.

»In jenen Monaten war die Stadt außer Rand und Band. Jeden Abend Feste, man hungerte nach Leben, wollte Versäumtes nachholen, Geschäfte mit der Nachkriegszeit machen. Es gab noch immer Bombenangriffe, jetzt waren es deutsche, sie dauerten bis zum Frühling, aber wir kümmerten uns nicht darum, man ging nicht einmal mehr in die Luftschutzkeller, wenn die Sirene heulte, und das brachte weitere Verluste an Menschenleben. Bevor sie abzogen, hatten die Deutschen Bomben mit Spätzünder in der Stadt zurückgelassen, eine davon explodierte Tage später im Hauptpostamt und richtete ein Blutbad an. Das war ihre Technik, später habe ich erfahren, dass sie es auch woanders so gemacht haben. Sie konnten nicht verlieren.

Ich verdingte mich als Wächter in einem verlassenen Waffenlager, das noch immer halb voll war.

Ein tüchtiger Mensch hatte es ganz allein geschafft, das Depot mit Waffengewalt in seinen Besitz zu bringen, und konnte so verhindern, dass es geplündert wurde. Ich bewachte das Lager Tag und Nacht, die Waffen des Aufstands waren in meiner Obhut. Ich verdiente gut, aber es war das billige Geld der Nachkriegszeit, Am-Lire nannten wir es, amerikanische Lire. Sie waren es, die das Geld druckten, aber schon bald konnten die Drucker in der Stadt es in besserer Qualität herstellen. Es war Geld zum Ausgeben, nicht zum Aufbewahren.«

»Wie seid Ihr Hausmeister in diesem Haus geworden?«

»Das kam durch deinen Vater.«

Don Gaetanos Antwort kam so überraschend, traf so hart auf meine Ohren, dass mir Blut aus der Nase floss. Ich legte mir die Hand aufs Gesicht, um sie zu bedecken, und spürte, dass sie heiß und feucht war. Don Gaetano führte mich zum Waschbecken, um mich mit kaltem Wasser abzuwaschen. Ich konnte ihm nicht ins Gesicht sehen. Mein Vater: Zum ersten Mal hörte ich, wie er erwähnt wurde, erfuhr, dass ich einen gehabt hatte.

»Entschuldigt mich, Don Gaetano, mir geht es nicht gut, ich gehe besser schlafen. Ich danke Euch für den Tag.« Ich ging hinaus, weil ich mit meinen Gedanken allein sein musste.

Im Bett steckte ich den Kopf unter die Decke. Durch den Hof tobte der Wind wie ein Hund an der Kette. Ich hatte also einen Vater gehabt, und Don Gaetano hatte ihn gekannt. Warum hatte ich nichts von ihm hören wollen? Warum musste ich weinen? Beim dritten Warum schlief ich ein. Traumlos verbrachte ich die Nacht in einer Tiefsee, in die Träume nicht vordringen. Träume sind Fische der Oberfläche. Ich wachte rechtzeitig zum Schulbeginn auf. Ich war wie zerschlagen, selbst da, wo am Tag zuvor alles heil gewesen war. Meine Nase und alle Blutgefäße um sie herum waren violett. Ich grüßte Don Gaetano, der sagte, er erwarte mich zum Mittagessen.

In der Schule rechtfertigte mein Gesicht das Fehlen vom Tag zuvor.

Sichtbare Verletzungen geben einem das Recht auf Achtbarkeit. Ich hatte sie mir durch die Erfüllung meiner Pflicht verschafft.

Ich begann, mir die Erwachsenen im Hinblick auf die seltsame Möglichkeit anzuschauen, dass einer von ihnen mein Vater war. An meine Mutter dachte ich nicht, Don Gaetano hatte sie nicht erwähnt, darum existierte sie auch weiterhin nicht. Bis zum gestrigen Tag hatte es meinen Vater nicht gegeben, doch kaum erwähnt, tauchte er hinter all den Gesichtern auf der Straße, in der Schule auf. Viele waren komisch, das eine oder andere war möglich, zum ersten Mal wurde mir bewusst, dass ich jemandem ähneln könnte. Beim Mittagessen würde ich mehr darüber erfahren.

Irgendwo in meinem Kopf musste ich den Verdacht gehegt haben, dass Don Gaetano mein Vater sei. Jetzt wusste ich, dass es nicht so war, und diese Nachricht nahm etwas weg, ohne es zu ersetzen. Anna, das Versteck, das Bett waren weit weg. Wenn Don Gaetano vorgehabt hatte, sie aus meinen Gedanken zu vertreiben, war ihm das gelungen. Zudem hing bei diesem Glück nichts von mir ab, ich konnte nichts tun, um es wiederzubekommen. Wenn Anna zurückkehrte, würde sie mich bereit dazu finden, wenn nicht, war das Glück abgelaufen. Der Nerv der Erwartung war nicht gespannt. Daran sieht man, dass es ihn anspornt, wenn man nicht weiß, was man zu erwarten hat.

Damals besaß ich keine Armbanduhr, dieses kostbare Geschenk, das meine gleichaltrigen Kameraden am Tag der Erstkommunion bekamen. Auch ich hatte diese Zeremonie mitgemacht, aber ohne Eltern konnte ich nicht an der Feier und dem Umtrunk teilnehmen. Nach der Kirche war ich in meine Kammer zurückgekehrt. Ohne Uhr berechnete ich die Zeit in Blöcken. Nur in der Schule kannte ich die Uhrzeit. Dort brauchte man keine Uhr, aber alle trugen sie eine. Ich wollte keine haben. Ich hatte keine Wünsche.

Vor allem das Adjektiv war komisch: mein. Nichts auf dieser Welt war mein, schon gar kein Vater. Zum ersten Mal benutzte ich dieses Possessivpronomen. Viel wert war es nicht, es diente zur Bezeichnung eines Vaters, den es nicht gegeben hatte.

An diesem Schultag wurde mir bewusst, wie oft das Wort Vater ausgesprochen wird: Vaterland, Vater der modernen Physik, Kirchenvater. Das bis gestern harmlose Wort dröhnte mir jetzt im Kopf. Auf dem Nachhauseweg schaute ich zu Boden, um nicht mit dem Blick über die Gesichter der Väter zu stolpern.

Einen Vater zu haben zog die lächerliche Tatsache nach sich, ein Sohn zu sein. Bis gestern war ich niemandes Sohn gewesen, ein Ausdruck, der mir gefiel, nachdem ich in der *Odyssee* gelesen hatte, dass Odysseus sich in der Höhle des Polyphem Niemand genannt hatte. Sohn eines falschen Namens, Sohn des Niemand: Das gefiel mir. Es schloss alle aus. Nun wurde ich plötzlich Sohn eines Jemand, den Don Gaetano gekannt hatte, einer aus dieser Stadt, der zu einem bestimmten Zeitpunkt einen Sohn bekommen und es vielleicht nicht einmal erfahren hatte. Von nun an besetzte jemand meine Vergangenheit. Ich war sein Sohn geworden. Von einem Vater kann man auf einen Großvater und noch weiter zurückgehen. Der Gedanke glich den Stufen, die ich im Dunkeln auf allen vieren hochgeklettert war, nach Anna.

Die Väter, die ich sah, waren schrecklich. Ihre Kinder wurden von ihnen geohrfeigt und geprügelt. Aus den Wohnungen drangen Schreie, Schläge und Schluchzer. Nichts von alledem war mir passiert. Wenn mich eine abendliche Traurigkeit überfiel, weil die Mütter ihre Kinder im Hof nach Hause riefen, erinnerte ich mich an die Schläge, die bis in meine Kammer drangen, und damit war für mich Gleichstand geschaffen. Ich verstopfte mir die Ohren, es genügte nicht. Die Schmerzensschreie der Kinder dringen trotzdem hindurch, sie übertragen sich von einer Haut auf die andere.

Eines dieser Kinder kann ich nicht vergessen. Es war ein Junge, schmächtig wie ich, obwohl er zwei Jahre älter war. Der Vater schämte sich nicht, ihn sogar im Hof zu verprügeln. Der Junge steckte die Schläge ein, ohne einen Schrei, ohne zu weinen. Doch er machte eine Bewegung, ein abwehrendes Zittern des Kopfes, ein nervöses Zucken im Gesicht, das ihm die Augen verschloss, um in unserer Gegenwart durchhalten zu können. Dieses Bild geht mir nicht aus dem Sinn. Ich sehe ihn vor mir, übersät mit blauen Flecken und mit Blut aus dem Mund. Er wehrte sich nicht und weinte nicht. In seinem sinnlosen Heldentum zitterte er nur. Er starb unter den Schlägen seines Vaters, der nicht einmal ins Gefängnis dafür kam. Aniello, die Verkleinerungsform von Gaetano, ein verkleinertes Leben unter all jenen, die früh endeten. Ich ging mit Don Gaetano zur Beerdigung, die Mutter beweinte ihn ohne Tränen.

Aniello war Torwart der gegnerischen Mannschaft, wir beide waren am weitesten voneinander entfernt, wechselten aber Blicke. Wenn der Vater ihn im Hof beim Fußballspielen antraf und dagegen war, packte er ihn an den Haaren und versetzte ihm Fußtritte. Einmal warf ich einen Stein auf den Vater. Er merkte es gar nicht. Wir zählten nichts. Hätte ein anderer mit mehr Treffsicherheit und Kraft geworfen, hätten wir zu mehreren geworfen, hätte Aniello sich retten können. Sein erstarrtes Gesicht, damit er unter den Schlägen nicht zu weinen anfing, ließ mir die Tränen kommen. Ich wischte sie mit dem Handrücken weg, damit es wie Schweiß aussah. Das Spiel wurde ohne Aniello wiederaufgenommen, eine Weile lang schweigend.

Don Gaetano hatte *pastepatate*, Pasta-Kartoffel-Eintopf, gekocht, schön durchgezogen, mein Lieblingsgericht.

»Bitte entschuldigt, dass ich gestern Abend weggegangen bin.«

Leute kamen an der Hausmeisterloge vorbei, Don Gaetano grüßte sie und sagte aus Höflichkeit: »Bitte, bedient Euch.« Zwischen zwei »Bitte, bedient Euch« klärte er mich über die Geschichte auf, die mir vorausgegangen war. Mein Vater war ein Berufssoldat. Als der Krieg ausbrach, war er vierzig. Bevor er nach Afrika ging, hatte er meine Mutter geheiratet, die fünfzehn Jahre jünger war als er. Seinen Heimaturlaub hatte er gerade rechtzeitig angetreten, um am 8. September ’43 in Zivil zu sein, dem Tag des Waffenstillstands, an dem Italien sich ergab und der König floh. Mein Vater versteckte sich, dann nahm er am Aufstand teil. Don Gaetano lernte er in den Tagen der Straßenkämpfe kennen. Mein Vater hatte mit einem Handstreich das deutsche Waffendepot erobert, er allein gegen die Menge, die es plündern wollte. Er hatte sich davor aufgestellt, in Uniform, mit zwei Pistolen, in jeder Hand eine. Die Menge war abgezogen, auf der Suche nach einer leichteren Beute. Dann hatte er Don Gaetano als Wächter angestellt. Sie waren Freunde geworden, aber sie siezten sich.

Die Nachkriegszeit war eine einzige Piraterie. Die Männer stürzten sich ins Geldverdienen, die Frauen lebten sich mit den Amerikanern aus.

Die Frauen von Neapel verloren ihren Kopf und alles andere auch. In jedem Haus war ein amerikanischer Soldat einquartiert. Sie brachten Überfluss, Geschäfte, Arbeit. Die Mädchen gingen auf die Feste im Rest Camp. Sie waren hübscher und dreister geworden. Es gab wenige öffentliche Verkehrsmittel, die Mädchen hielten Jeeps an, um mitzufahren. Sie ließen sich an ihr Ziel bringen und verliebten sich. Es gab Eifersuchtsdramen. Ein Mann wusste, dass seine Frau mit den Amerikanern ging, aber er schwieg, weil auch er davon profitierte. Ja, er brachte sie sogar hin. Doch als seine Frau eines Tages zu ihm sagte, sie finde Gefallen daran, drehte er durch vor Eifersucht. Er brachte sie um, die Schwiegermutter, die Schwägerin und deren Mann, vier Menschen auf einmal, in Piedigrotta.

Neapel hatte sich über den Tränen des Krieges aufgezehrt, mit den Amerikanern tobte es sich nun aus, feierte jeden Tag Karneval. Damals habe ich die Stadt begriffen: Monarchie und Anarchie. Sie wollte einen König, aber keine Regierung. Es war eine spanische Stadt. In Spanien hat es immer eine Monarchie gegeben, aber auch die stärkste anarchistische Bewegung. Neapel ist spanisch, es liegt irrtümlich in Italien.

»Du warst eben geboren, da verliebte deine Mutter sich in einen amerikanischen Offizier.

Dein Vater erfuhr es. Er kam zu mir, da war ich hier schon Hausmeister.

Die Stelle hatte er mir verschafft, in seinem Haus, nachdem er den Rest des deutschen Depots an die Amerikaner verkauft hatte. Eines Morgens kam er zu mir und sagte nur: ›Don Gaetano, sorgt Ihr für das Kind.‹ Dann ging er hinauf in die Wohnung und erschoss deine Mutter. Noch am selben Abend bestieg er ein Schiff nach Amerika, und ich habe nie mehr von ihm gehört. Er hieß …«

»Sagt es mir nicht, Don Gaetano, setzt mir keinen Namen in den Kopf, der sich nicht mehr tilgen lässt. Was soll ich damit, ich kann ihn nicht tragen, ich heiße nach der Frau, die mich adoptiert hat.«

»In der ersten Zeit habe ich mich um dich gekümmert.«

»Warum erfahre ich diese Geschichte heute, warum nicht gestern oder nie?«

»Weil du sie kennen musst. Gestern bist du achtzehn Jahre alt geworden.«

Ja, der Geburtstag, noch so ein Tag, der nur für die anderen gut ist, wie Weihnachten oder Ostern. Aber wann Weihnachten oder Ostern ist, weiß ich, es steht an den Geschäften geschrieben. Mein Geburtstag ist im November. »Wann starb meine Mutter, welcher Tag war das, erinnert Ihr Euch?«

»An den genauen Tag nicht, es war im Frühling, im Mai.«

Ich saß reglos vor dem Teller. Es gab einen Ort, wo sie unter der Erde lag. Ich malte mir aus, dass ich mit Blumen dorthin ging. Nein. Ich bin ein Fremder, kenne nicht einmal ihren Namen, müsste nach ihm fragen. Nein, auch sie ist verschwunden. Sie wohnten in diesem Haus, ich will nicht wissen, wo. Ich kehrte aus meinem Gedankenkreisel zurück.

»Don Gaetano, mit Eurer Kartoffelpasta kann es keiner aufnehmen.«

»Es macht Freude, zu sehen, dass es dir schmeckt, nimm noch, es ist genug da. Bedien dich.«

Die Witwe kam in einem hellen Kleid vorbei. Gerade wollte sie mich ansprechen, da bemerkte sie das geschwollene Gesicht und wandte sich stattdessen an Don Gaetano, bat ihn, hinauf in ihre Wohnung zu kommen.

»Zu Euren Diensten«, antwortete er. Er hatte es nicht mehr erwartet.

»Räumst du den Tisch ab? Lass die Teller in der Spüle, ich wasche sie später ab. Und bleib am Platz, bis ich zurückkomme.«

»Verlasst Euch drauf.«

Sohn von: *addio* Niemand, *addio* falsche Papiere des Odysseus. Man hatte mich eingezwängt zwischen einem Vater, der ein Mörder war, und einer untreuen Mutter, zwischen einem, der nach Übersee floh, und einer, die unter der Erde lag. Es gab kein Entrinnen, ich musste ihnen gleichen. Ich war nicht mehr frei, niemandem zu gleichen. Die ganze restliche Welt als mein möglicher Ursprung, das gab es jetzt nicht mehr. Lag es an meiner Mutter, dass ich mich unter Annas Griff um die Kehle nicht gewehrt hatte? War es ihre Bereitschaft, aus Liebe zu sterben? Ich räumte den Tisch ab und grübelte.

Was hatte ich von meinem Vater? Die Eifersucht nicht, weder war ich eifersüchtig wegen der Witwe, die Umarmungen brauchte, noch wegen Anna, die nicht für mich war. Auch vom soldatischen Geist hatte ich nichts, die Jungen in Uniform aus der Militärakademie erschienen mir wie Verdammte.

Ich ließ mir Szenen einfallen, um Eifersucht zu spüren: Anna schreibt an ihren Verlobten, besucht ihn im Gefängnis, sie umarmen sich, wer weiß, ob sie sich im Gefängnis umarmen dürfen. Nichts, kein einziger Nerv rührte sich. Wie hätte ich eifersüchtig sein können? Sie hatte diese Sache mit dem Glück bei mir gemacht, während der Verlobte eingesperrt war. Eher hatte er das Recht auf Eifersucht. Lieber Vater, ich habe nichts von dir geerbt. Ich erbe von Don Gaetano, schließlich wart ihr Freunde. Von Don Gaetano erbe ich jeden Tag. Er bringt mir das Handwerken bei und erklärt mir die Geschichte, einfach so, an deiner Stelle. Lieber Vater, jemand klopft an die Scheibe, ich gehe nachsehen, wer es ist. Wenn ich zurückkomme, lass dich bloß nicht mehr in meinen Gedanken blicken.

Ich trocknete mir die Hände ab, ging zum Fenster. Anna. Sie sagte: »Bis Sonntag« und verschwand. Ich war wie vom Donner gerührt. Benommen setzte ich mich auf Don Gaetanos Platz und starrte auf das Nichts hinter der Scheibe. Ein Schauder lief mir vom Kreuzbein bis hinauf in den Nacken. Ein Hausbewohner kam, bat mich um die Post, ich gab ihm die falsche, merkte es und rannte mit der richtigen hinter ihm her die Treppe hinauf.

Dann kam der Obsthändler mit dem Einkauf der Signora vom obersten Stockwerk und schrie wie üblich aus dem Hof zu ihr hinauf.

»Signora Sanfelice! Lasst den Korb runter, Signora Sanfeliiice!«

An mich gewandt: »Sie hört nicht mehr, die sollte sich mal so einen Apparat für die Ohren machen lassen.«

»Ein Hörgerät«, sage ich, nur um etwas zu sagen und ihn nicht allein reden zu lassen.

»Ja, so ein Hördings. Signora Sanfeliiice!«

Nach dem dritten Brüllen hört die Signora, oder jemand klopft an ihre Tür, um ihr zu sagen, sie soll den Korb herunterlassen.

»*Nu mumèe.* Momeeent.« Die Signora Sanfelice zieht das *e* aus *mumèe* ganz lang.

Wenn sie ihn ausspricht, fängt der Moment gut an, aber er kommt nicht an sein Ziel. Don Gaetano sagt, sie hat eine Trompetenstimme, die die Seelen im Fegefeuer aufweckt.

»Lasst den Korb runter!«

»Momeee…«

»…nt« füge ich hinzu, damit er ankommt.

»Den Korb!«, brüllt der Obsthändler heiser.

»Mo'.« Das *»Mo'«* hört man aus dem offenen Fenster. Der Rest geht unterwegs verloren, vorerst lässt die Signora nur das *Mo'* herunter.

Der Obsthändler wird ungeduldig und ruft noch einmal.

Während er wartet, sagt er: »Die findet den Korb nicht. Warum stellt sie ihn denn nicht ans Fenster?«

Die Nachbarin, die gegenüber der Signora Sanfelice wohnt, ruft ihr zu, sie soll unter der Spüle nachschauen.

Die Antwort kommt aus vollem Trompetenhals: »Da ist er nicht!«

»Dann sucht hinter dem Ofen.«

»Da ist er nicht, den hat mir Concettina verkramt. Wenn die aufräumt, findet man nichts mehr.«

»Signora Sanfeliiice!«, hebt der Obsthändler wieder an, mit seiner erstickten Stimme, mit der er sie erwürgen will.

Prompt folgt: »Momeee…«

»…nt«, ergänze ich.

Endlich schallt der befreiende Ruf durch den Hof: »Sie hat ihn gefunden, sie hat ihn gefunden!«

»Dem Herrn sei's gedankt«, bemerkt eine Stimme und schließt das Fenster. Darauf gehen auch andere beteiligte Fenster zu.

»Bis Sonntag« – habe ich sie gesehen, oder war das eine Erscheinung? Offenbar habe ich jetzt schon Visionen, die heilige Anna erscheint mir. Ich bin achtzehn Jahre alt geworden, es ist noch zu früh für Visionen. Sie ist wirklich gekommen. Konnte sie nicht einen Moment bleiben? Nein, einen Moment lieber nicht, sonst werde ich noch wie die Signora Sanfelice: »Momeee…« Es war Anna, wieder hinter einer Glasscheibe. Nicht einmal ihr Geruch drang bis zu mir. Auch die Stimme nicht: An der Bewegung ihres Mundes habe ich das Wort Sonntag erkannt. Ich habe sicher ein einfältiges Gesicht gemacht.

Ich ging zum Spiegel, um das Gesicht zu sehen, das Anna gesehen hatte. Weit aufgerissene Augen, halb offener Mund, schief hängender Kiefer – eindeutig das Bild eines Einfaltspinsels. Ich kam mir vor wie einer der staunenden Hirten vor der Krippe.

Don Gaetano kehrte zurück. »Ich mache Euch Kaffee.«

»Nein, ich habe schon einen bei der Witwe getrunken.« Er war ganz aufgeräumt.

»Du ähnelst deinem Vater. Du bist mager, die Knochen zeichnen sich ab wie bei ihm, aber er war ein einziges Nervenbündel, seine Knochen sprühten Funken. Sein Körper gewann Strom aus der Luft. Du ähnelst ihm, aber als ruhige Version. Die Karosserie ist dieselbe, aber bei dir hat sich der Motor verbessert.«

Er antwortete auf meine Gedanken, er hörte sie alle.

»Don Gaetano, seit Ihr mir gestern von ihm erzählt habt, ist meine Ruhe dahin. Als Kind habe ich mir vorgestellt, ein Stück von diesem Haus zu sein, das Gebäude war mein Vater, der Hof meine Mutter. Ich stöberte in allen Ecken, um sie besser kennenzulernen. Die Vorstellung leistete mir Gesellschaft und machte die Dunkelheit zum Freund. Seit gestern suche ich nach jemandem, dem ich unbedingt ähneln muss.«

Don Gaetano hörte zu, während er seine Arbeiten verrichtete, immer wieder von Hausbewohnern unterbrochen, die etwas wollten. Wir waren das gewohnt und nahmen das Gespräch dort auf, wo wir es unterbrochen hatten.

»Jetzt bin ich kein Stück von diesem Haus mehr, ein Stück, das fehlt, wenn man es fortnimmt. Ich bin wie alle anderen, ein Sohn, der zwei Menschen ähnlich sieht. Ich will kein Sohn sein, ich will ein Stück bleiben.

Hoffentlich macht es Euch nichts aus, aber ich glaube, dass ich Euch ähnlich bin. Nicht durch Vererbung, sondern durch Nachahmung, ich tue das, was Ihr mir beibringt, und so nähere ich mich Euch an.«

Don Gaetano übergab mir die Arbeit, an der er gerade saß. Er verband elektrische Kabel in Parallelschaltung, sie gehörten zu einer Lichterkette, die Weihnachten über dem Haustor aufgehängt werden sollte.

Ich setzte mich und fuhr mit der Arbeit fort. Von hinten legte er mir eine Hand auf die Schulter.

»Du bist ein Mann, du musst über Dinge Bescheid wissen, die dich betreffen. Mir gleichst du nicht, ich bin ohne Eltern aufgewachsen, aber wenn einer mir gesagt hätte, wer sie waren, hätte ich überall nach ihnen gesucht.«

Er zog ein langes, schmales, mit Zeitungspapier umwickeltes Päckchen aus der Tasche.

»Das ist für dich, mach es auf.«

»Ein Geschenk, Don Gaetano? Ein Geschenk für mich?«

Das war das erste Mal, dass ich ein Geschenk bekam. Immer noch hielt ich die Kabel der Lichterkette in der Hand.

»Mach es auf.«

Ich legte die Arbeit hin, berührte das Paket, erkannte, was es war. Ich schluckte trocken, wickelte es aus und hielt den beinernen Griff eines Messers in der Hand. Don Gaetano nahm es und fuhr mit der Klinge über die Haare an seinem Handgelenk, um zu zeigen, wie rasiermesserscharf sie geschliffen war. Er klappte die Klinge um, sodass sie wieder im Griff verschwand.

Er gab es mir zurück und sagte, ich solle es aufklappen. Die Klinge kam geschmeidig und mühelos heraus. Sie war spitz.

»Du musst es am Körper tragen, es muss immer bei dir sein. Es muss für dich wie ein Paar Unterhosen sein, ohne bist du nackt. Jetzt klapp es zu und steck es dir in die Tasche, da kommen Leute.«

»Das ist ein bedeutendes Geschenk, ich stehe in Eurer Schuld.«

»Du wirst die Schuld begleichen, aber nicht bei mir. Wenn der Tag kommt, wirst du einem Jungen ein Messer schenken, dann ist die Schuld beglichen. Mein erstes habe ich von einem Matrosen bekommen, der es nach einem Streit auf dem Boden liegen ließ. Ich nahm es, gab es ihm zurück, er hat es mir überlassen.«

In der Stadt trugen alle ein Messer in der Tasche. Das wusste ich, aber der Wunsch, auch eines zu haben, war mir nicht gekommen. Jetzt, wo es in der Tasche steckte, war klar, dass es dort sein musste. Weil ich einer aus dieser Stadt war, nicht weil ich ein Mann war. Den Übergang vom Jungen zu dem Danach, den nahmen nur die anderen wahr. Für mich war ich derselbe wie vorher geblieben, in meine Gedanken verstrickt, Lehrling bei allem.

»Du wirst es nicht benutzen, um Brot zu schneiden oder dir die Fingernägel zu säubern. Du benutzt es, um dich zu verteidigen. Wenn du einmal mit dem Rücken zur Wand stehst, ohne nach hinten ausweichen zu können, auch wenn Platz genug wäre, dann nimmst du es und hältst es auf diese Weise, tief, vor den Beinen.«

Er zeigte mir die Haltung.

»Und du wirst dem Gegner, der dir den Weg versperrt, starr in die Augen blicken. Du wirst die Augen nicht von seinen Pupillen abwenden.«

Don Gaetano merkte, dass ich ihm direkt ins Gesicht schaute.

»Das wird nicht passieren, aber dazu dient es, nur dazu. Es ist eine Lebensversicherung.«

Ich nickte und kehrte zu meinen Kabeln zurück.

Der Alte, der in einem *basso* am Anfang der Gasse lebte, kam vorbei. Er klopfte an die Scheibe, Don Gaetano ließ ihn eintreten. Er war ärmlich gekleidet, mit geflickter Jacke und verschossener Baskenmütze. Er zog sie ehrerbietig vom Kopf und sagte zu Don Gaetano, seine Frau liege seit drei Tagen im Bett.

»Den Arzt kann ich nicht rufen, ist kein Geld da. Wenn dieser Junge von Euch kommen könnte, der die Bücher studiert.«

Don Gaetano sah mich an.

»Ich studiere Latein, nicht Medizin.«

»Ein Studierter seid Ihr trotzdem und wisst mehr als wir, wir waren ja nicht mal in der Schule.«

Er war nicht davon abzubringen, ich ging mit ihm, und er dankte mir unaufhörlich.

In ihrer Wohnung trat ich in den säuerlichen, rauchigen Geruch des Elends. Auf einer Bank murmelten drei Frauen den Rosenkranz. Die Alte lag auf einer Pritsche und bewegte mit geschlossenen Augen mechanisch die Lippen. Ich berührte ihre Stirn, sie fieberte. Ich hob das Laken, es roch nach eitrigen Geschwüren, beginnendem Druckbrand an den Fersen.

»Dekubitus, muss sofort behandelt werden«, sagte ich leise.

Hinter mir fragte eine der drei Frauen, was ich gesagt hätte.

»Kosten, müssen sofort bezahlt werden«, übersetzte eine andere.

»O Mamma mia!«, rief die dritte.

»Junger Mann, wir bezahlen Euch heute in acht Tagen.«

»Und was ist mit dem Pizzabäcker, wer zahlt den in acht Tagen?«

Ich sagte dem Alten, dass Binden und eine Salbe benötigt würden, und ging in die Apotheke. Ich war froh, dass ich etwas Geld in der Tasche hatte. Der Apotheker beriet mich, ich kaufte, was nötig war, auch Tabletten gegen das Fieber. Dann behandelte ich die Geschwüre, die sich erst vor Kurzem gebildet hatten. Mit der Tablette gab es Probleme, sie hatte noch nie eine geschluckt. Ich ging zum Bäcker, er gab mir eine Scheibe Brot, ich rollte aus den weichen Krumen eine Kugel, steckte die Tablette hinein, und so konnte sie sie schlucken.

Die Rosenkranzbeterinnen fuhren fort, zufrieden, weil sie ein Eingreifen herbeigeführt hatten. Der Alte wollte mir unbedingt die Hände küssen, ich versuchte, sie ihm zu entziehen. Ich sagte, er solle mit den Tabletten weitermachen, und ging hinaus.

Don Gaetano schlichtete gerade einen Streit zwischen zwei Hausbewohnerinnen. Die eine beklagte sich darüber, dass die andere ihre tropfnasse Wäsche über der ihren aufgehängt hatte, die schon fast trocken war. Es war keine komplizierte Angelegenheit, doch sie mussten sie schreiend kundtun, zur Kenntnisnahme des ganzen Hauses. Don Gaetano hörte sich an, was aus den Kehlen der beiden Frauen kam, die kurz davor waren, handgreiflich zu werden.

Sie hatten von den Balkonen aus angefangen, und er hatte sie aufgefordert, in der Hausmeisterloge weiterzumachen. Als ich kam, hatten sie sich schon heiser geschrien. Ich setzte mich an den Tisch und fuhr fort, die Kabel zu verknüpfen. Streitereien gab es oft, denn wir waren viele hier, lebten dicht an dicht. Sie passierten durch Reibung. Man geriet aneinander, und dann verkeilten sich die Worte, was direkt in die Hände überging, und am Ende brauchte man ein Lösungsmittel, um zu trennen. Don Gaetano sagte:

»Wenn zwei Esel raufen, geht die Last entzwei.« Bei Reibereien zwischen Frauen benutzte er ein zauberkräftiges Lösungsmittel: Er bot ihnen eine Tasse Kaffee an.

Sie schlossen Frieden. Don Gaetanos Kaffee besaß die Macht, Recht zu sprechen, er war die letzte Instanz. Er schlichtete allen Streit. Um das Meine zum Erfolg dazuzutun, schaltete ich die Weihnachtslichter ein. Sie umarmten sich und gingen Arm in Arm ihrer Wege und plauderten dabei wieder über ihre Angelegenheiten.

»Don Gaetano, was tut Ihr in den Kaffee, dass Ihr so eine Wirkung erzielt?«

»*A pacienza*, ich tue Geduld hinein. Das ist eine Wurzel, die in unseren Gassen wächst. Die beiden mussten Luft ablassen, mussten raus aus ihren Wohnungen, sie brauchten einen, der ihnen zuhört.«

Die Tage der Woche gingen vorüber, Dezember war gekommen. Der Vulkan trug Schnee auf dem Gipfel, der Nordwind, die Tramontana, bildete nachts Eis auf dem Boden und tagsüber Kristalle in der Luft.

»Pare 'nu cummoglio di preta turchese«, er sieht aus wie ein Deckel aus Türkis. Der Mieter im zweiten Stock, Professor Cotico, widmete sich seit seiner Pensionierung der Poesie. Er verfasste Gedichte und kam in die Hausmeisterloge, um die soeben geschriebenen Verse zu rezitieren. Die Tramontana inspirierte ihn.

»Friddo 'a matina, che spaccava ll'ogne«, der Morgen, so kalt, dass er Fingernägel spaltet.

»Professore, das wurde schon geschrieben und vertont, die Verse stammen von Ernesto Murolo.«

»Wirklich? Hier kann man keine Zeile schreiben, schon taucht jemand auf, der sagt: Ich war zuerst da. Aber Signori, die Dichtung ist doch keine Straßenbahn, wer zuerst kommt, darf sich hinsetzen, und die anderen müssen stehen. Die Dichtung ist kein Wettlauf, wo man als Erster ankommen muss. Jeder Tag hebt unberührt von Dichtung an, man wacht auf und erneuert sie.«

»Ach so, der Erste, der aufwacht, schreibt die *Göttliche Komödie* neu.«

»Don Gaetano, Ihr seid ein allzu strenger Richter. Hört diesen Vers:

> Und sogar zur Mittagsstunde
> *'o friddo s'accaniva senza scuorno*
> wütet die Kälte mit frechem Munde.«

»Der gehört Euch, Professore, den nimmt Euch keiner weg, Ihr könnt ihn archivieren.«

»Endlich einmal.«

In diesem Herbst lernte ich die Bewohner des Hauses kennen. Hinter dem Fenster der Portierloge sah man jeweils nur einen vorübergehen, dadurch gewannen sie an Gestalt. Die Glasscheibe war eine Briefmarkenlupe. Sie waren nicht so interessant wie die Figuren, von denen ich in den Büchern Don

Raimondos las, aber spezialisierter. Jeder tat sein Möglichstes, um sich von den anderen zu unterscheiden und nicht in der Masse zu verschwinden, die wir waren. Die Gesichter wetteiferten darum, sich so stark wie möglich voneinander abzuheben, so auch die Stimmen, die Begrüßungen und die Gewohnheiten. Sie gehorchten einem Gesetz: seid ungleich, unterscheidet euch voneinander. Dieses Gesetz wandten sie gewissenhaft an. Hatte einer einen Kanarienvogel auf dem Balkon, hielt sein Nachbar dort einen Stieglitz, und der vom Stockwerk darunter musste dann eine Kreuzung zwischen beiden im Käfig haben. Eine wohlhabende Signora hatte drei mittelgroße Hunde und führte sie an drei langen Leinen aus, die sich um alle Hindernisse auf der Gasse wickelten. Der Alte, der wegen seiner kranken Frau gekommen war, pflegte einen Stuhl vor seine Tür zu stellen, wenn er rauchen wollte. Prompt umringten ihn die Hunde mit ihren Leinen und waren schließlich so fest an seinem Stuhl vertäut, dass sie ihn ins Schwanken brachten. Waren die Leinen entwirrt, und die Signora konnte ihren mitreißenden Gang durch die Gasse fortsetzen, hörte man hinter ihr den Kommentar der Nachbarin: »Heute Morgen geht die Signora mal wieder auf Jagd.«

Der Buchhalter Cummoglio war ein vom Pech verfolgter Geschäftsmann. Er stammte aus einer Familie von Knopffabrikanten, *buttunari*, die das Aufkommen des Reißverschlusses ruiniert hatte. Vor dem Krieg verkaufte er hölzerne Kühlkästen, doch wegen der Konkurrenz der Eisschränke musste er das Geschäft aufgeben. Unverdrossen wandte er sich dem Handel mit Wollmatratzen zu, aber dann kamen die mit Federkern.

Don Gaetano sagte über ihn, wenn er Stroh ins Wasser werfe, müsse er zusehen, wie es versinkt, während bei anderen sogar Blei schwimmt. Seine Frau, Signora Euterpe, hatte Zwillinge geboren, Altersgenossen von mir, die Oreste und Pilade hießen, wie die unzertrennlichen Freunde in der griechischen Mythologie. Die beiden sahen sich so ähnlich, dass nicht einmal ihre Eltern sie unterscheiden konnten. Sie taten alles, damit man sie verwechselte, ihr Haarschnitt war gleich, der Knoten der Krawatte, und wenn einer sich verletzte, klebte der andere sich ein Pflaster an dieselbe Stelle. Sie brachen gleichzeitig in Gelächter aus. Ihrer Ähnlichkeit widmeten sie sich mit großer Sorgfalt und nutzten sie, um ihre Namen und Plätze zu tauschen. Sogar sie selbst mussten glauben, gleichzeitig der eine und der andere zu sein. Sie hatten ihren ganzen Ehrgeiz in diese Verdoppelung gesetzt.

Der Buchhalter Cummoglio hatte es aufgegeben, sie unterscheiden zu wollen, und rief sie nicht bei ihren Namen. Er gebrauchte einen gemeinsamen Beinamen, *I Vui*, »Ihr zwei«. Darauf antworteten sie gerne. Wollte er nur einen ansprechen, sagte er »einer von euch beiden«. Auch im Haus nannte man sie *I Vui*.

In diesem Schuljahr bemerkte ich einen Unterschied zwischen ihnen. Einer der beiden konnte das neapolitanische *sh* nicht aussprechen, wie in *shcuola* oder *shcifo*. Er musste es getrennt aussprechen, er sagte *sh-cuola*. Zur Tarnung tat der andere so, als habe er die gleiche Schwierigkeit.

Aber manchmal vergaß er es, und daran merkte ich den Unterschied. Ich hatte entschieden, dass Pilade derjenige war, der das *sh* sprechen konnte, und Oreste nicht. *'O' rest'* bedeutet auf Neapolitanisch: der Rest. Oreste fehlte ein kleiner Rest Gleichheit.

In diesem Herbst begann ich, sie in der Schule beim Namen zu nennen, ohne sie zu verwechseln. Sie reagierten mit Bestürzung, denn sie fürchteten, ihr verdoppeltes Wesen zu verlieren. Abseits von den anderen fragten sie mich, wie ich sie unterscheiden konnte. Ich sagte, das Wie würde ich niemandem verraten, auch ihnen nicht. »Ihr behaltet das Geheimnis eures Namens für euch und ich das Geheimnis des Wie.«

Die Bemerkung tat ihre Wirkung.

Ich war ein verschlossener Junge, Geheimnisse und Verstecke waren bei mir gut aufgehoben.

»Wir glauben dir«, sagte einer der beiden. Das Pronomen »wir« benutzten sie ganz selbstverständlich. Ich hatte nie Gelegenheit, es auszusprechen, und hörte es gerne von ihnen.

Von diesem Moment an war ich eine Gefahr für sie. Sie mieden mich, und wenn ich sie mit ihren Namen ansprach, antwortete keiner von beiden.

Der Sonntag kam ohne Warten. Und er ging vorüber, Anna erschien nicht. Ich blieb nachmittags in der Hausmeisterwohnung, um eine zweite Lichterkette fertigzustellen, die über das Fenster der Portierloge gehängt werden sollte. Don Gaetano ging einen Spaziergang machen. Der Hof war voll funkelnder Lichter, geschmückt vom Eis der Tramontana.

Die Sonne fiel gleißend auf die Fensterscheiben der oberen Stockwerke, und Lichtreflexe schossen bis zum Boden. Neapels Fenster reichten einander die Sonne weiter. Die, die durch ihre Lage mehr bekamen, gaben sie nach unten an die weiter, die weniger hatten. Sie waren aufeinander eingespielt. Die Glaser setzten sie absichtlich ein bisschen schief ein, um mehr reflektierende Oberflächen zu schaffen. Unten in der Hausmeisterloge kam ein Stoß aus Licht an, der zehnmal gegen die Bande geprallt war, bis er zu dem Loch gelangte, in dem ich saß. Don Gaetano sagt, das sei ein gutes Zeichen. Die Sonne hat ein Herz für die, die ganz unten wohnen, wo sie nicht hinkommt. Am meisten liebt sie die Blinden, ihnen streift sie mit einer besonderen Liebkosung über die Augenhöhlen. Die Sonnenanbeter, die sich nackt unter ihren Überfluss legen und sie als Färbemittel für ihre Haut benutzen, mag die Sonne nicht. Sie möchte die wärmen, die keinen Mantel haben und in den engen Gassen mit den Zähnen klappern. Die ruft sie heraus aus ihren kalten Zimmerchen und reibt sie warm, bis sie unter dem Kitzel lächeln. »Ein gutes Zeichen, sie mag dich und schickt dir ihren Gruß in deine Kammer. Die Fensterscheiben sind ihre Stufen, das Licht steigt sie aus Zuneigung zu dir herab. Ein Zeichen, dass die Sonne dich beschützt.«

Ich ging nicht hinaus auf die Straße, um auf Anna zu warten. Wenn sie ans Tor klopfte, würde ich sie hören. Ich betastete das Messer. Der Griff war aus hellem Knochen, ich strich mir mit der Klinge über die Wange, um es als Rasiermesser auszuprobieren. Dann fiel mir Don Gaetanos Empfehlung ein, es zu meiner Rettung zu benutzen, zu nichts anderem. Man durfte nicht vertraulich mit dem Messer umgehen, es war ein ernstes Werkzeug. Wenn man es mit Respekt behandelte, würde es in der Not seine Pflicht tun. Wenn man aber Witze damit machte, es zum Prahlen benutzte, würde es einem im entscheidenden Moment aus der Hand gleiten.

Das Messer und die Männer im Süden sind eine Einheit.

Ich wagte nicht, mir vorzustellen, wie ich es im Moment der Gefahr benutzen würde. Ich würde improvisieren. Eine gewaltsame Tat überlegt man sich nicht vorher. Sich zwischen Füße zu werfen, um den Ball mit den Händen zu schnappen, ist eine gewaltsame Tat. Der Tritt gegen meine Nase war nicht gewaltsam, aber mein Hechtsprung zwischen die Schuhe war es schon. Wenn ich vorher darüber nachgedacht hätte, hätte ich es nicht getan. So wird es auch mit dem Messer sein, sollte es einmal um meine Verteidigung gehen, werde ich die richtige Geste finden.

Don Gaetano kam zurück, und wir hängten die Lichterketten auf. Über dem Tor und über dem Fenster der Portierloge zwinkerten die blinkenden Lichter dem Weihnachtsfest zu. Mit den Lichtern entledigte sich Don Gaetano der Verpflichtung, den Anlass zu feiern. Er stellte keine Krippe auf.

»Das tut, wer Kinder hat und ihnen die heilige Geschichte nahebringen will.«

Wir hatten keine Familie, und wir waren keine.

Wer eine gesellschaftliche Stellung besaß, nutzte Weihnachten, um sie zu zeigen. In der Hausmeisterloge kamen Geschenkkörbe an, üppig mit zur Schau gestellten Essenssachen gefüllt. Wer nichts hatte, machte Schulden, um ebenfalls in Erscheinung zu treten. La Capa fuhr die Familie mit dem Taxi ins Theater. Danach kam er zum Erzählen. Seine Frau, ein Fass, hatte sich festlich gekleidet, aber ein Fass blieb sie, mit einem Zelt behängt und einem Lampenschirm auf dem Kopf. Den Taxifahrer nannte sie *scioffè*, »Schofför«. La Capa war einerseits peinlich berührt, andererseits stolz, darum hielt er Don Gaetano auf dem Laufenden.

»Gestern Abend haben sie im San Carlo den *Machbesser* gegeben.«

»Was soll man besser machen?«

»Don Gaeta', die Oper *Machbesser.*«

»Ja, aber was soll man denn besser machen?«

»Na, *Machbesser* und basta.«

»Warum denn? Hat jemand was falsch gemacht?«

Don Gaetano hatte Angst vor La Capa, aber er ließ ihn kein einziges Mal ungeschoren davonkommen. La Capa konnte *Macbeth* einfach nicht aussprechen.

»Don Gaetano, ich wundre mich über Euch, wo Ihr studiert habt, dass Ihr die Oper nicht kennt, das Werk des Maestro Ver…, Ver…, wie heißt er noch gleich?«

»Wermut?«

»Verflixt, ich kann mich doch nicht an den Namen von diesem Maestro erinnern, Ver…, Ver…«

»Verdikt?«

»Nein, ein Verdikt war's nicht, egal, die ganzen Spitzen der Gesellschaft waren da, der Präfekt, der Polizeipräsident, der Bürgermeister mit allen Beamten von der Kommunionale.«

»Ach, die Kommunion wurde auch ausgeteilt?«

»Natürlich nicht, ich meine doch die kommunionale Regierung, Don Gaetano, Ihr verwirrt mich immer mit Eurem Gefrage nach Einzelkeiten.«

La Capa konnte keinen Bericht zu Ende bringen, er musste aufgeben.

Zum Schluss ging es um seine Frau, die sich einen Zwergpudel hatte kaufen lassen. »Weil das schick ist«, hatte sie ihren Mann belehrt. Sie hatten sich einen weißen ins Haus geholt. La Capa hatte sich von Don Gaetano beraten lassen.

»Was meint Ihr, Don Gaetano, tun wir gut daran, so einen Hund der bourbonischen Rasse zu nehmen?«

»Ihr müsst ihn Ferdinando nennen.«

»Das ratet Ihr mir?«

»Natürlich, Hunde mit bourbonischem Stammbaum müssen Ferdinando heißen. Wenn er von savoyischer Rasse ist, muss er Umberto heißen.«

»Nein, er hat rein bourbonisches Blut.«

Ich fragte Don Gaetano, wie es nur möglich war, dass ein ernsthafter und arbeitsamer Mensch wie La Capa sich willentlich der Lächerlichkeit preisgab. Einer, der den Ernst der Armut kennengelernt hatte, schadete sich jetzt, wo er über einen gewissen Wohlstand verfügte, nur weil er unbedingt als feiner Herr erscheinen wollte.

»Das Erste, was ein armer Mann mit Geld tut, ist, sich einen Anzug zu kaufen. Er schlüpft in einen guten Stoff und denkt, er ist ein anderer Mensch. Aber mehr kann Geld nicht bewirken, nur den Anschein erwecken. La Capa möchte als jemand anderer erscheinen, darum verheddert er sich. Als er sich noch über Füße beugte, um Maß für die Schuhe zu nehmen, lachte keiner über ihn. Es heißt, dass Geld nicht stinkt, doch das tut es und lässt den stinken, der es sich umhängt.«

Zu Beginn jeden Monats gibt es Besuch von der Signorina Scafarèa, die wie immer mit der Mietzahlung in Rückstand ist. Jeden Tag kommt sie vorbei: »Ist die Bankanweisung da?« Sie wartet auf die Überweisung ihres Bruders aus Amerika. Von diesem Geld lebt sie. Eine Hälfte ist für die Miete, mit der anderen schlägt sie sich einen Monat lang durch. Sie ist vertrocknet wie eine Dörrpflaume und hat einen Knoblauchatem, der die Fliegen im Flug tötet. Wehe, sie findet das Fenster der Portierloge offen, dann steckt sie den Kopf hinein, um ihre Frage zu stellen, und drückt der Luft unerbittlich ihren Stempel auf.

Kommt sie um die Mittagszeit vorbei, kann sie einem den Appetit verderben. Wenn die Bankanweisung da ist, beeilt Don Gaetano sich, ihr diese in die Wohnung zu bringen.

Anna sah ich am Schulausgang wieder. Sie saß mit dem blondierten Mädchen in der Bar vor der Schule. Es war ein Tag, an dem Eidechsen unter den Steinen hervorkommen, um sich in der Sonne zu trösten. Nach den Ohrfeigen der Tramontana brachte der Schirokko Liebkosungen. Die Bars hatten Tische im Freien aufgestellt.

Sie begrüßte mich und forderte mich auf, näher zu kommen. Ich schämte mich, als Schüler mit Büchern unter dem Arm vor den Mädchen zu stehen.

»Ich denke, ich nehme diese Wohnung. In den nächsten Tagen komme ich sie ausmessen, können Sie mir dabei helfen?«

»Bei Bedarf.« Ich blieb stocksteif stehen, mehr kam nicht aus mir heraus. Verlegen verabschiedete ich mich von ihnen, hinter meinem Rücken äffte die eine mich nach, »bei Bedarf«, und lachte. Recht hatte sie, was für eine dumme Antwort war mir da rausgerutscht? Ich hatte Anna nicht erwartet und noch weniger ein »Sie« von ihr. Sie sagt »Sie« zu mir, das fand sogar ich lustig, und ich musste über mich selbst lächeln. Es gibt Tage, da ist man zur Lächerlichkeit verurteilt, auch ohne das Geld von La Capa. Vor den beiden in der Bar nützte mir mein bisschen Würde aus der Hausmeisterloge gar nichts. Aber vielleicht war ich auch dort lächerlich, ohne es zu merken.

Die Begegnung hatte nicht zufällig stattgefunden. Anna musste mich gefunden haben, sie hatte den Ort ausgesucht und Überraschung geheuchelt. Wollte sie mich beruhigen, mir zeigen, dass sie wiederkommen würde? Ich befragte mein Inneres und hörte Annas Gedanken, der antwortete: Ja. Plötzlich stieß ich gegen einen Herrn, der auf der Straße stand.

»Was sind denn das für Manieren, junger Mann?«

»Entschuldigt, bitte entschuldigt, ich habe Euch nicht gesehen.«

Von innen klang Annas Lachen an mein Ohr.

Warum musste sie schauspielern? Wurde sie beobachtet, kontrollierte das andere Mädchen sie? Eine Antwort kam nicht.

Empfing auch ich Gedanken, wie Don Gaetano? Annas Gedanke war zu mir gelangt, und sie hatte meinen erhalten. Ich versuchte es abermals, nichts, die Leitung war unterbrochen.

Manchmal gelingt ein Zug, und man weiß nicht, wie es passiert ist. Wiederholt man ihn, missrät er.

Was mir passierte, geschah immer irrtümlich. Ich versuchte, die Umstände zu rekonstruieren: Wie war ich am Tag vor dem Glück gewesen? Wie war ich vor fünf Minuten, als ich Anna um eine Bestätigung bat und gegen den Mann lief? Schon wusste ich es nicht mehr und konnte es nicht wiederholen.

Ich kam in der Portierloge an, wo Don Gaetano schon bei Tisch saß.

»Don Gaetano, ich habe Euch geschuppten Stockfisch mitgebracht, den Ihr so gerne esst.«

»Das wäre nicht nötig gewesen, und man roch vom Tor bis hier, dass du Stockfisch bringst. Komm zum Essen.«

»Und man roch schon am Tor, dass Ihr *pastepatate* gekocht habt, wunderbar.«

Ich wusch mir die nach Fisch riechenden Hände und erzählte vom Badezimmer aus, dass ich Anna gesehen hatte.

»Sie sagt, sie will hier wohnen.«

»Das stimmt nicht.«

»Was will Anna dann, was glaubt Ihr?«

Don Gaetano wartete, bis ich mich gesetzt und die ersten Löffel gegessen hatte.

»Anna will Blut sehen.«

Ich konnte nicht warten und fragte mit vollem Mund.

»Und was hat sie davon, wenn sie es gesehen hat?«

Don Gaetano spülte sich den Mund, er trank einen Schluck Wein.

»Blut ist die Wahrheit. Es lügt nicht, wenn es herauskommt, und es kehrt nicht zurück. So müssen auch die Worte sein, wenn du sie gesagt hast, kannst du sie nicht mehr zurücknehmen. Anna will sehen, wie die Wahrheit herauskommt.«

Er sprach mit leiser Stimme. Was er sagte, war einfach, ich verstand es nicht. Lieber verschloss ich mir den Mund mit der Kartoffelpasta. Offenbar war das Glück eine Wahrheit, die Blut kostete.

»Anna wird wiederkommen«, sagte ich, um zu verstehen zu geben, dass ich nichts dagegen tun konnte.

Don Gaetano nickte. Er wischte die Schüssel mit Brot aus.

»Sie war schön vor der Schule. Sie trug Nylonstrümpfe, ihre Haare bewegten sich mit der Sonne. Sie interessiert sich für mich, den Beliebigsten von allen, einen, der nichts zählt.«

»Erniedrige dich vor niemandem. Du bist ein Guter und wirst dir Geltung verschaffen.«

Don Gaetano unterstützte mich.

»Einer, der ganz allein in einer Kammer aufgewachsen ist und sich intuitiv gut benimmt, dessen Leben wird etwas Besonders sein. Du musst es verteidigen, auch wenn es über das Blut geht.«

Das erschreckte mich nicht. Vor Anna dachte ich, Blut sei im Körper gut aufgehoben, wo es im Dunkeln kreiste. Es gewann nichts dabei, wenn es herauskam und im Licht trocknete. Außerhalb des Körpers diente es zu gar nichts. Jetzt wusste ich, dass es Anna nützte, vielleicht wurde sie gesund, wenn jemand seines vor ihr herausfließen ließ. Ich wusste, dass ich bereit war, egal wann. »Ja« – wieder erreichte mich Annas Stimme. Dann also ja, ich verspreche, dass ich den Jas gehorchen werde, ich werde öfter Ja als Nein sagen, in meinem Leben soll es eine Mehrheit der Jas geben, die meine Handlungen leiten. Mein Nein wird im Dienst der Jas stehen, auch wenn ich es sagen muss. Werde ich vor Anna mit meinem Blut sparen? Nein.

»Ihr Verlobter, der von der Camorra, ist aus dem Gefängnis gekommen. Zu Weihnachten werden die Leute entlassen.«

»Ich weiß, dass sie einen Verlobten hat. Es freut mich für Anna, dass er frei ist.«

Don Gaetano räumte den Tisch ab, ich wusch die Teller.

»Jemand soll zur Witwe hinauf, gehst du?«

»Hat sie Euch drum gebeten?«

»Stell keine Fragen, wenn es um Frauen geht. Willst du gehen?«

Eine Hitze wanderte vom Bauch weiter nach unten. »In Ordnung.«

Monate waren seit den verschwitzten Umarmungen vergangen. Anna war vorbeigekommen, die mich gewollt hatte. Sie hatte den Kern abgelutscht und dann ausgespuckt. Ich forschte im Spiegel nach Veränderungen. Das Gesicht war dasselbe, länglich, zu einem dümmlichen Ausdruck neigend, die Augen undeutlich. Die Nase war weniger geschwollen, an den Wangenknochen noch dunkles Violett. Der Körper hatte klarere Linien, die Rippen zeichneten sich ab, die Umrisse der Brust, und auf dem Bauch bewegten sich kleine runde Muskeln. Ich ging zur Witwe hinauf. Ihre Wohnung war geheizt, sie öffnete im Morgenrock, nahm meine Hand und führte mich ins Schlafzimmer. Hast überkam mich, und ich umarmte sie heftig. Statt aufs Bett schob ich sie gegen die Wand, und ohne mich auszuziehen machten wir die Stöße im Stehen. Statt ihr die Bewegungen zu überlassen, machte ich meine, ohne zu überlegen. Ich war größer als sie, sie klammerte sich an mich, hob erst ein Bein, dann das andere. Plötzlich hatte ich sie in den Armen, ihre Füße hinter meinem Rücken. So trug ich sie, bis ich leer war. Ich löste sie von der Wand und legte sie aufs Bett. Sie glättete meine verschwitzten Haare, küsste mein ganzes Gesicht. Dann machte sie Kaffee und wollte ihn mir ans Bett bringen. Eine solche Aufmerksamkeit von ihr war noch nicht vorgekommen. Als sie mit dem Tablett ins Zimmer trat, sah ich ihr Lächeln, das ich noch nie gesehen hatte. Unsere Umarmungen waren stumm, das Lächeln ersetzte die fehlenden Worte. Ich trank den Kaffee eines bedankten Mannes. Ich schulterte die Werkzeugkiste, und sie begleitete mich.

Die Tür schloss sich erst, als ich am Ende des ersten Treppenabsatzes angekommen war.

Etwas war passiert, was mich in den Augen der anderen verändert hatte. Der Respekt der Welt kommt plötzlich. Das erwartet man nicht und kann es sich nicht erklären. Auch in der Hausmeisterloge war etwas passiert. Die Fensterscheibe war zerbrochen. Don Gaetano hatte den Glaser geholt, der gerade Maß nahm. Ich fragte nicht, weil Fremde dabeistanden. Professor Cotico verkündete: »Zerbrochene Scheiben und Hausmeister, das sind die 27 und 68, todsichere Zahlen.« Don Gaetano vertraute mir die Arbeit an und ging mit dem Glaser fort. Hausbewohner kamen vorbei und grüßten mich, wie sie es bei Don Gaetano taten. Der Graf kam: »Junger Mann, Ihr schuldet mir eine Revanche, vergesst das nicht.« Er hatte mich mit Ihr angeredet. Ich war verwirrt, eine Leere fuhr mir in den Körper und verlangte nach Schlaf.

Nach einer Stunde kam der Glaser ohne Don Gaetano zurück. Ich half ihm, die neue Scheibe einzusetzen, sie mit Kitt zu befestigen. Sie geriet ein wenig schief.

Don Gaetano fand die Arbeit erledigt und die Portierloge aufgeräumt vor. Ich fragte, wie es passiert sei.

»Hast du nichts gehört, als du bei der Witwe warst?«

»Nichts.«

»Annas Verlobter ist gekommen, er suchte dich. Er hat getobt, den Tisch umgeworfen. Er wollte wissen, wo du bist. Leute sind stehen geblieben. Er hat mit der Faust gegen die Scheibe geschlagen, da hat jemand ›Polizei‹ gerufen, und er ist weg. Er hat gesagt, er kommt zurück, und dort, wo er dich findet, stehst du nicht mehr auf.«

»Und Ihr, hat er Euch etwas angetan, hat er Euch angerührt? Hat er Euch beleidigt?«

Das fragte ich mich mit lauter Stimme, zu meinem Erstaunen. Ich war wütend, weil er ihn bedroht hatte statt mich.

»Mir hat er nichts getan, es war nur das Randalieren mit dem Tisch und dem Fenster.«

Darum behandelten die Menschen mich auf einmal anders. Die Sache hatte sich herumgesprochen. Don Gaetano fragte, was ich tun wollte.

»Nichts, Anna findet mich hier, und er findet mich hier.« Die Worte kamen von allein heraus, sie entschieden für mich. Einmal gesagt, konnten sie nicht mehr zurück.

Als ich sie hörte, erkannte ich, dass es die richtigen waren. War dies das Blut, das Anna brauchte? Das von zwei Jungen, die sich gegenüberstanden? Das war es, und Don Gaetano hatte mich davor gewarnt. Doch man versteht erst, wenn man die Dinge am eigenen Leib spürt. Ich lächelte Don Gaetano an, ein Dankeslächeln für das Messer. Er nickte, ein ernstes Ja, ein bisschen verlegen.

»Heute wird es nicht sein«, sagte ich. »Wir wollen uns um unsere Angelegenheiten kümmern, ich koche Kartoffeln, Zwiebeln und Tomaten, dann tue ich den Stockfisch dazu. Und wir spielen unsere Partie Karten.«

Don Gaetano ließ mich machen. Um mich herum sah ich klar, draußen herrschte die vorzeitige Dunkelheit des Dezembers. Der frische Kitt am neuen Fenster roch nach Wachs und Gummi. Der Stockfisch dampfte würzig, die Gedanken waren ausgebreitete Tücher. Die Karten zeigten mir, in welcher Folge ich sie spielen musste. Ich erriet, welche Don Gaetano in der Hand hatte. Oder er sagte es mir.

»Don Gaetano, könnt Ihr Eure Gedanken einem anderen Menschen mitteilen?«

»Nein, sie kommen zu mir, das ist alles.«

»Don Gaetano, heute Abend seid Ihr zerstreut, ich erkenne Euch nicht wieder, Ihr lasst mir eine Siebenerkombination für den Stich, und ich habe die Sieben der Münzen.«

»Ich konnte nicht anders. Ich bin nicht zerstreut, du bist derjenige, der heute wie ein Gott spielt. Ich glaube, ich kann nicht mehr gewinnen.«

»Das zerbrochene Fenster und der böse Besuch haben Euch aus der Fassung gebracht.«

»Ich bin derselbe Spieler wie jeden Abend, du hast dich verändert und merkst es nicht.«

Ich merkte es nicht. Ich war nicht einmal überrascht, als ich zwei Spiele hintereinander gewann. Für mich war es nicht anders als das gewohnte Verlieren. Ich stand auf, um den Fisch und das Gemüse im Topf zu wenden. Jemand klopfte an das Fenster. Don Gaetano sprang auf und ging zur Tür. Statt den Mann hereinzulassen, ging er hinaus. Ich betrachtete die beiden durch die Scheibe, während ich probierte, ob das Essen gar war. Die Gesichter sah ich nicht. Der Herr war elegant gekleidet, ein schöner heller Mantel, er machte knappe Bewegungen mit den Händen. Don Gaetano hielt seine hinter dem Rücken, stand ein wenig vorgebeugt, um zuzuhören. Der Mann machte eine Geste, die das Gespräch beendete. Er wollte seine Brieftasche herausholen, Don Gaetano hielt ihn am Arm zurück, der Mann bestand darauf, ihm Geld zu geben. Don Gaetano musste es nehmen, der Mann drückte es ihm in die Hand. Es musste das Geld für die neue Fensterscheibe sein. Der Mann legte Don Gaetano eine Hand auf die Schulter, sie umarmten sich. Als Don Gaetano zurückkam, fragte ich ihn mit den Augen, was los gewesen war. Er legte das Geld auf den Tisch.

»Das genügt, sein Leben um Kopf oder Zahl zu verspielen, die Entschädigung für eine Fensterscheibe und der Urteilsspruch des Camorra-Bosses im Viertel: *'Nun pozzo fa' niente, 'o bbrito se pava, l'annore no e se lava'*.«

'O bbrito – seit Langem hatte ich das Dialektwort

für Glas nicht mehr gehört. Nichts zu machen, das Glas lässt sich bezahlen, die Ehre nicht. Für Urteilssprüche eignete sich der Dialekt besonders gut, besser als die lateinische Messe.

»Hattet Ihr um Hilfe gebeten, Don Gaetano? Tut es nicht, wir werden das unter uns regeln, und vielleicht geschieht niemandem etwas. Macht Euch keine Sorgen.«

Er nickte ergeben, ein resigniertes Ja.

An diesem Abend aßen wir einen königlichen Stockfisch, tranken Wein, und Don Gaetano erzählte die Geschichten vom Krieg, die mir die Ohren öffneten und das Herz weiteten.

Die Deutschen hatten den Aquädukt vermint, sie wollten ihn sprengen. Ein paar von ihnen fielen den Neapolitanern in die Hände, und um ihr Leben zu retten, sagten sie, sie würden ihnen verraten, wo die Sprengladungen versteckt seien. Don Gaetano und ein paar Kameraden wurden abkommandiert, um mit den Gefangenen die Ladungen zu entschärfen.

Die Neapolitaner beschafften sich Waffen aus den Kasernen. Manchmal ging das gut, die Carabinieri verteilten aus Treue zum König ihre Ausrüstung. In anderen Kasernen wurde die Bitte um Waffen aus Angst vor deutschen Vergeltungsmaßnahmen abgelehnt. Dann kehrten die Einwohner noch einmal zurück und requirierten die Waffen kurzerhand. Es gab eine zweite Front, die Faschisten schossen von den Häusern auf die rebellierende Menge. Es gab Kämpfe in den Treppenhäusern, auf den Dächern, standrechtliche Erschießungen an Ort und Stelle. Einer der Unseren war von den Deutschen gefangen genommen und an die Wand gestellt worden, doch in dem Moment kommt ein deutscher Offizier vorbei, von Neapolitanern verfolgt, und benutzt den Körper des Mannes an der Mauer als Schutzschild. So versuchen die Deutschen, sich einen Fluchtweg zu öffnen, aber sie werden überall umzingelt und angegriffen. Unser Mann, ein mutiger Mensch, kann sich retten. Er heißt Schettini, Don Gaetano kennt ihn.

Ich hörte die Geschichten der Stadt und erkannte sie als meine Stadt wieder. Don Gaetano verlieh mir löffelweise die Bürgerrechte. Es war Geschichte, die Geschichte vieler Menschen, die sich zusammenschlossen, um ein Volk zu bilden. Man hatte sie schnell vergessen. Sie war gut wie Stockfisch in der Pfanne. So geht es mit den großen Momenten, sie schlagen wie die vom Libeccio aufgewühlten Wogen gegen die Dämme, dauern drei Tage und hinterlassen saubere Luft in den Lungen.

»In der Via Foria hielten die Barrikaden aus Straßenbahnwagen stundenlang die Tigerpanzer zurück. Dort konnten sie schließlich weiterfahren, aber in der Via Roma nicht. Aus den Gassen oberhalb der Straße kamen Männer und Jungen heruntergelaufen, um Bomben und Feuer zwischen die Ketten der

Panzer zu werfen. Gegen diesen Haufen Besessener vermochten die Gepanzerten nichts, sie zogen sich zurück.«

Ich fragte, wie ein Aufstand losgeht.

»Am ersten Tag gab es einen Angriff auf einen deutschen Lastwagen, der eine Schuhfabrik geplündert hatte. In den letzten Septembertagen hatten die Deutschen begonnen, in Läden und sogar in Kirchen alles an sich zu reißen, was sie mitnehmen konnten. Es begann mit einem spontanen Angriff auf einen ihrer Lastwagen, der voller Schuhe war, das war die erste Schlacht.«

Die amerikanischen Schiffe waren schon in Sichtweite, die Deutschen kurz vor dem Rückzug – warum sich in Gefahr bringen, wenn die Befreiung so nah war? In Rom war einige Monate später unter den gleichen Umständen nichts passiert, die Menschen hatten abgewartet.

»Der Rückzug war nicht gewiss, sie hätten genügend Kräfte gehabt, um durchzuhalten. Sie hatten ihre Verteidigungslinien gegen die Landung der Amerikaner in der Stadt vorbereitet, sie waren auf Kämpfe eingestellt. Außerdem war in der Stadt die Wut gestiegen, die versteckten Männer drängten, sie wollten aus dem Tuffsteinuntergrund heraus. Und es gab die Zwangsevakuierung des Küstenstreifens, alle Wohnungen, die bis zu dreihundert Meter vom Meer entfernt lagen, mussten geräumt werden. Aber die Stadt liegt direkt am Meer, sie in einer Breite von dreihundert Metern zu räumen bedeutete, dass hunderttausend Menschen von einem Tag zum anderen ohne ein Dach über dem Kopf waren, sie lagerten überall, wussten nicht, wohin sie gehen sollten. Ja, wir hätten trotzdem abwarten können, den Kopf senken und die Stunden zählen. Darum weiß auch ich nicht, warum wir alle gleichzeitig wie die Heuschrecken durch die Straßen sprangen. Was du in solchen Zeiten tust, kommt nur zum Teil von dir selbst, der Rest gehört diesem Körper, der Volk heißt. Es sind die Menschen um dich herum, die das machen, was du machst, und du machst es wie sie. Einen Augenblick lang gehst du allen voran, dann überholen dich einige, jemand wird getötet, und die anderen führen in seinem Namen fort, was angefangen wurde. Es ähnelt einer Musik. Jeder spielt ein Instrument, aber was dabei herauskommt, ist nicht die Summe der Spieler, sondern die Musik, eine Strömung, die sich in Wellen fortbewegt und das Meer abträgt, es ist ein Hunger, durch den du das weggeworfene Stück Brot auf der Straße findest, das du dann für einen anderen liegen lässt, eine Mutter, die ihrem Sohn einen Stein weiterreicht, die Rührung, die Blut in die Augen treibt, nicht Tränen. Ich kann dir den Aufstand nicht erklären. Wenn du irgendwann in einen gerätst, wirst du mitmachen, und er wird dem, von dem ich erzähle, nicht ähneln. Dennoch wird er der Gleiche sein, denn alle Aufstände des Volks gegen das Militär sind Brüder.«

Ich begriff den Aufstand ruckweise und stellte ihn mir auch ruckweise vor, wie die Auferstehung eines Körpers. Eine erste Kontraktion der Nerven, dann bewegt sich der Muskel eines Fingers, ein unkontrolliertes Zucken, ein Erwachen, das an den Enden des Körpers beginnt. Erst nachdem er sich aufgesetzt hat, erinnert sich Lazarus, dass er die Stimme gehört hat, die ihm befahl, sich zu erheben. So konnte ich mir den Aufstand vorstellen, die Entladung von Energie in einem erloschenen Körper. Aber wie war es dazu gekommen, dass er erlosch, warum war er zu einem Zinnsoldaten eingeschmolzen?

In der Schule hätte ich einen so präzisen Geschichtsunterricht wie die Erzählung Don Gaetanos nicht hören können. In der Schule lernten wir bis zum Ersten Weltkrieg, dann endeten das Schuljahr und das 20. Jahrhundert. Ein junger Mann hatte auf einen Erzherzog geschossen, und die Welt hatte gegen sich selbst Krieg geführt, aufgeteilt in die, die für den Erzherzog waren, und die, die hinter dem jungen Mann standen. Italien, das zunächst mit dem Erzherzog verbündet war, hatte sich ruhig verhalten, später hatte es sich auf die Seite des jungen Mannes geschlagen. Der Erste Weltkrieg war ein einziger Schützengraben gewesen, das ist ein Ort, an dem die Männer schon mit den Füßen im Grab stehen. Aber der Zweite Weltkrieg, der Rückfall? Ich konnte mir die Jugend, die sich zu Zinnsoldaten hatte schmelzen lassen, nicht vorstellen. Sie hatten sich in die Erwachsenen verwandelt, die mich umgaben, sie waren die unglücklichste Generation mit den meisten Gefallenen der ganzen Weltgeschichte.

»Ich kannte einen jungen Mann, der war zwanzig Jahre alt, als der Krieg ausbrach. Er war tüchtig, fleißig, arm und voll guten Willens. Seinen Unterhalt verdiente er sich mit Nachhilfestunden. Er hatte sich in ein Mädchen verliebt, kam zu ihr nach Hause, um sie in Italienisch und Mathematik zu unterrichten. Aber von der Verliebtheit hat man erst später erfahren. Er trug Trauerkleidung, sein Vater war gestorben. Seine schwarze Jacke war verschlissen an den Ellenbogen, sie glänzte, so fadenscheinig war sie geworden. Er hatte sich verliebt, und es machte ihn traurig, dass er nicht ein wenig Farbe am Körper tragen konnte. Seine Fächer unerrichtete er mit Leidenschaft, er wusste viele Verse von Dante auswendig. Im Juni '40 tritt Italien in den Krieg ein, und er meldet sich freiwillig. Er rechnet nicht damit, dass er eingezogen wird, und nutzt es nicht aus, dass er die einzige Stütze einer verwitweten Mutter ist, er geht als Freiwilliger zur Marine. Und endlich darf er die Trauerkleidung ausziehen, ist glücklich, dass er sich mit der blauen Uniform des Kadetten zeigen darf. Er hielt patriotische Reden, doch seine Begeisterung galt der bunten Uniform, die er trug. Mit ihr ging er zu seinen letzten Nachhilfestunden. Das Mädchen, das erst später von seiner Liebe erfuhr, schrieb Aufsätze, die er aufbewahrt hatte. Das erfuhr sie, als sie seine Mutter, die Witwe, besuchen ging.

Jedenfalls kam er noch rechtzeitig, um sich einzuschiffen und im November '40 bei der Seeschlacht vor Capo Teulada zu sterben. Er hatte ein schönes dunkles Gesicht, ernst und zielstrebig, und die blaue Uniform hatte ihm die Jugendlichkeit auf den Leib geschneidert, die ihm gefehlt hatte. So kommt es, dass man sich in den Krieg stürzt, und glaub ja nicht, das sei wenig.«

»Das glaube ich nicht, Don Gaetano, ich würde es für Anna tun.«

Als der Aufstand vorbei war, kam der erste amerikanische Jeep auf die Uferstraße gefahren, ihm voran einer unserer Soldaten in der Uniform der Bersaglieri, der schrie: »Es ist vorbei, wir haben gewonnen!« Die Deutschen standen noch mit schwerer Artillerie in Capodimonte, um dem Rückzug Feuerschutz zu geben.

Gleich darauf begann der Schmuggel, amerikanische Sachen, die von den Schiffen kamen. Was sie im Überfluss hatten, verschwand in ganzen Lastwagenladungen aus den Depots. Sogar die Abwasserkanäle wurden für den Transport benutzt. Mitten in Santa Lucia sieht Don Gaetano, wie ein Gullydeckel sich hebt, ein Kopf kommt zum Vorschein, der sich umsieht. Er tritt näher, um dem Mann beim Aussteigen zu helfen, der antwortet: »Entschuldigt, ich habe mich in der Straße geirrt.« Der Mann klettert wieder hinunter, und der Deckel schließt sich.

Dieser Abend dauerte länger als die anderen. Don Gaetano gab die Fortsetzung der Geschichte an mich weiter. Es war eine Erbschaft.

Seine Erzählungen wurden zu meinen Erinnerungen. Ich erkannte, woher ich kam, ich war nicht mehr Sohn eines Hauses, sondern einer Stadt. Ich war kein Waisenkind, sondern der Angehörige eines Volkes. Wir verabschiedeten uns um Mitternacht. Als ich mich vom Stuhl erhob, war ich gewachsen, ich war größer, unter den Füßen gab es eine Sohle, die mich um neue Zentimeter anhob. Er hatte mir eine Zugehörigkeit übermittelt. Ich war einer aus Neapel, durch Mitleid, Wut und auch durch die Scham desjenigen, der zu spät geboren wurde.

In der Kammer dachte ich an diesen neuen Tag davor, an den Samstag von Anna. Dieser neue Tag davor war besser als der andere. Er enthielt ein Wachsen, den unverhofften Respekt der Menschen um mich herum, den Kaffee der Witwe, die gewonnenen Kartenspiele. Dieser Tag davor enthielt mehr Antrieb. Machte ich Anna kleiner? Nein, ich setzte sie als Überschrift über alles. Von ihr hingen die Tage davor und die danach ab. Von ihr kam mein Ja zu allem. Ich schlief ruhig und tief. Beim Aufwachen ging der erste Griff zum Messer. Ich dachte: Es wird nicht jetzt sein. Don Gaetano war oben im Treppenhaus beim Saubermachen, ich ließ einen Zettel mit einem Abschiedsgruß für ihn zurück. In der Gasse grüßte mich jemand, indem er die Hand an den Hut legte.

In der Schule folgte ich konzentriert dem Unterricht. Mir wurde bewusst, wie wichtig die Dinge sind, die ich lernte. Es war wunderbar, dass ein Mann sie einer Gruppe von Jungen vortrug, die mit Begeisterung zuhörten und eine schnelle Auffassungsgabe hatten. Wunderbar war es, ein Klassenzimmer zu haben, in dem man sitzen und lernen konnte. Wunderbar der Sauerstoff, der sich mit dem Blut verband und das Blut zusammen mit den Worten in alle Teile des Körpers transportierte. Wunderbar die Namen der Monde, die Jupiter umgaben, wunderbar der Ruf »Das Meer, das Meer!« der Griechen am Ende des Rückzugs, wunderbar die Tat von Xenophon, diesen Ruf niederzuschreiben, damit er nie aufhöre. Wunderbar die Erzählung von Plinius über den Ausbruch des Vesuvs. Ihre Schriften nahmen die Tragödien in sich auf und verwandelten sie in Erzählstoff, um sie weitergeben und so überwinden zu können. In den Kopf fiel Licht, wie Licht ins Klassenzimmer fiel. Draußen war ein strahlender Tag, ein Maitag, der in den Kartenstapel des Dezembers geraten war.

Ich kehrte nach Hause zurück, in Gedanken noch bei den Unterrichtsstunden. In der kostenlosen staatlichen Schule lag eine bürgerliche Großzügigkeit, die einem wie mir das Lernen erlaubte. Ich war darin groß geworden und hatte mir nie überlegt, wie viel Mühe es die Gesellschaft kostet, dieser Aufgabe nachzukommen. Bildung verlieh uns Armen Bedeutung. Die Reichen würden sich ohnehin bilden. Die Schule gab denen Gewicht, die keines hatten, sie schaffte Gleichheit. Die Armut beseitigte sie nicht, aber innerhalb ihrer Mauern ermöglichte sie den Ausgleich. Die Verschiedenheit begann draußen.

Ich ging bei Don Raimondo vorbei, um das Buch zurückzugeben, neapolitanische Gedichte von Salvatore Di Giacomo, unserem Lieblingsdichter.

»Nirgendwo ist sie schöner als hier, unsere Art zu sprechen.«

»Recht habt Ihr, Don Raimondo, besonders gut gefallen hat mir, wie ein Tuch vom Himmel auf die Erde herabkommt und eine große Schar armer Leute einsammelt, damit sie im Paradies essen können. Einen kleinen Vorgeschmack auf dieses Manna finde ich in Don Gaetanos Kartoffelpasta.«

Don Raimondo liebte es, ein paar Worte über das ausgeliehene Buch zu wechseln. An diesem Tag bat ich ihn zum ersten Mal nicht um ein neues Buch. Er wunderte sich. »Ich habe Prüfungen. Danach werde ich mit dem Lesen weitermachen.« Ich wusste nicht, ob ich es ihm zurückgeben können würde.

Leichtfüßig ging ich den Weg von der Schule, die in der Nähe des Meeres lag, zu unserer Gasse hinauf. Als ich in die Gasse einbog, kam mir der Alte entgegen, bei dem ich unbefugt den Arzt gespielt hatte. Er ergriff meine Hand, und ich drückte sie, falls er jetzt wieder damit anfangen wollte, sie aus Dankbarkeit zu küssen.

»*Nun ce iate, chillo vesta aspettanno.* Geht nicht hin, der andere wartet auf Euch.« Er hielt mich fest, wollte mich zum Umkehren bewegen. Auch wenn ich nicht mit dem Rücken zur Wand stand, gab es kein Zurück für mich. Ich musste dahin, wo mein Platz war. Ich fragte ihn, wie es seiner Frau gehe, da ließ er meine Hände los, um seinen Hut zu ziehen und zu danken: »Gut geht es ihr, Euer Werk.« Ich nutzte die Antwort, um mich ihm zu entwinden und weiterzugehen. Seine Worte folgten mir: »Geht nicht hin, bei allen Heiligen und der Madonna, geht nicht hin.«

Kein anderer grüßte mich auf dem Weg die Gasse hinauf. Ich trat durch das Tor. Anna, sofort sah ich Anna vor dem Fenster der Hausmeisterloge.

»Ich warte auf dich«, die Stimme, die aus dem Hof kam, wollte scharf klingen.

»Ich nicht«, antwortete ich mehr mir selbst als ihm. »Ich muss nicht warten.«

Während der Schritte, die mich ihr näher brachten, sah ich Anna unentwegt an. Ich lächelte ihren glänzenden Maronenhaaren zu.

»Ich warte auf dich«, wiederholte die Stimme aus dem Hof lauter. Außer uns dreien war niemand da, man hörte keine Geräusche, in der Hausmeisterloge brannte kein Licht. Ich legte meine Schulbücher vor ihrem Eingang auf dem Boden ab. Anna betrachtete mich mit aufgerissenen Augen, mit leicht geöffnetem Mund. Wenn sie verrückt war, war dies der angespannte Nerv ihrer Schönheit. »Da bin ich, Anna«, sagte ich und stellte mich vor sie.

Mir gefiel die Leere um uns herum, keine Ablenkung, wir beide, sonst niemand.

»He, du Stück Scheiße, willst du nun kommen, oder soll ich dich an den Ohren herschleifen?«

Er hatte es nötig, von den Hausbewohnern gehört zu werden, nicht von mir. Außerhalb der Schule prahlten die Jungen mit den Drohungen, die sie auf der Straße gehört hatten, ich mach dich fertig, du kriegst dies, du kriegst das. Ich mochte das Repertoire der groben Sprüche nicht. Mit gesenktem Kopf war ich im Hof angekommen.

Aus der Mitte kam diese Stimme, aber ich hatte noch nicht aufgeschaut.

Erst betrachtete ich die Schuhe, glänzende neue Schuhe, La Capa hätte seine Freude daran gehabt, dann die gebügelte Hose, dann den Rest: Er war sonntäglich gekleidet, im Zweireiher mit Krawatte, sogar mit einer Blume im Knopfloch – stolzer Aufzug. Schwarzer Schnurrbart, Brillantine in den Haaren, Anna hatte sich einen ausgesucht, der auffiel. Seine Augen standen dicht beieinander. Ich blickte einen Moment in den weihnachtlichen Maihimmel hinauf, dann fixierte ich seine Augen und ließ sie nicht mehr los.

In der Hand hatte er das Messer, mit dem er sich die Nägel schnitt, ich trat ein paar Schritte näher und bemerkte, dass ich größer war. Die Sonne fiel nicht auf den Boden, sie sprang zwischen den Fenstern hin und her, das Licht bildete Bande. Mir fiel ein, dass sie mich beschützte, wie Don Gaetano gesagt hatte.

Ich hörte nicht, dass Anna hinter mir in den Hof getreten war. Als ich das Messer aus der Jacke zog, kam mir ein Gedanke, und ich hielt ihn fest.

»*Si'muorto, piezz'e mmerda*. Du bist tot, Scheißkerl«, sagte er und kam näher. Ich hielt das Messer tief, vor der Leiste, mit der Spitze nach unten. Er hatte es in der Rechten, ich in der Linken.

Er machte einen kurzen Ausfallschritt, dann einen längeren, ich einen Schritt zur Seite und einen zurück. Bewegungen, um anzugreifen, machte ich nicht, ich musste mich verteidigen, der Angriff gehörte ihm. Ich bemerkte Annas Anwesenheit, denn ein drittes Atmen, tiefer als unseres, hatte sich dazugemischt. Bei jedem seiner Schritte bewegte ich mich seitwärts im Uhrzeigersinn. Ich wollte den ganzen Hof umrunden. Er wurde ungeduldig und kam schreiend direkt auf mich zu, unsere Messer stachen zu, verletzten meinen rechten Arm und streiften ihn in der Rippengegend. Leb wohl, schöner Anzug, unser erstes Blut ruinierte sein Jackett und befleckte auch die Weste. Mir zerriss er den Ärmel, und auf dem Hellgrau breitete sich ein dunkler Fleck aus, wie ich später sah. Anna stieß einen heiseren Schrei aus. Er betrachtete sein Jackett, das nutzte ich, um mich an eine bestimmte Stelle im Hof zu bewegen. Eine Frauenstimme schrie: »Haltet sie auf, die bringen sich um!« Geräuschvoll öffneten sich Fenster, das Blut hatte unsere heimlich beobachtete Einsamkeit beendet.

Beim Anblick des ruinierten Anzugs wurde er wild vor Empörung und brüllte noch wütender: »Jetzt bist du tot!« Als er sich mit ausgebreiteten Armen zum Nahkampf auf mich stürzte, reckte ich mich zu voller Größe auf, er hob den Kopf, um mir ins Gesicht zu sehen, und da traf ihn der Lichtreflex, den ich gesucht hatte, mit voller Wucht. Die Sonne blendete ihn für die Zeitspanne, die mein Arm brauchte, ich machte den einzigen Ausfall mit dem Messer, es drang schräg in der Nähe der Leber ein. Augenblicklich ließ er von mir ab, warf die Waffe weg, legte die Hände auf die Seite, krümmte sich kniend zusammen. Anna spuckte Schluchzer aus und begann zu weinen. Ich legte das Messer auf den Boden, zu mehr musste es nicht dienen. Aufrecht zwischen uns stehend, weinte Anna, ihr Gesicht schmerzverzerrt. Im Licht des Hofs sah ich, dass es voller blauer Flecke war.

Leute kamen heran, Don Gaetano nahm mich beim Arm und stützte mich. Vor der Portierloge sammelte ich die Bücher ein. Der rechte Arm blutete heftig. Wir gingen an den Leuten vorbei, die vor uns zur Seite traten. Das halbe Haus war versammelt. Einer sagte: »Gut gemacht«, und einer rief: »Mörder!« Auch die *I Vui*, die »Ihr zwei«, waren da, ich hörte: *»Sh-cansiamoci«*, verziehen wir uns, es war Oreste.

Während ich von Don Gaetano gestützt wurde, versperrte uns niemand den Weg, um mich aufzuhalten. Vor dem Tor erkannte ich den hellen Mantel von gestern Abend wieder. Ich ließ mich tragen. Mit dem Blut verließ mich meine Kraft. Don Gaetano legte seinen Mantel über den Arm, um die Wunde zu bedecken. Unten an der Gasse kreuzten wir zwei Wachen, die hinaufeilten. Wir gingen in eine Apotheke. Der Arzt brachte uns ins Hinterzimmer, stillte das Blut und nähte mir den Schnitt mit einem ordentlichen Flicken zu. Kein Wort wurde gesprochen, weder zwischen ihnen noch zu mir. Mit neuem Verbandszeug verließen wir den Laden.

Ich ging an der Seite Don Gaetanos zum Hafen hinunter. Der Tag war eine Umarmung, mit der die Natur die Stadt umfing. In Santa Lucia saßen Touristen und die Kutscher der Spazierkutschen mit aufgekrempelten Ärmeln. Wir gingen, ich fragte nicht wohin. Die Sonne saugte alles auf, trocknete das Blut, den Anstrich der Boote, das Elend der Armen, die aus den kalten Gassen heruntergekommen waren, um von ihrer Heizung zu profitieren. Auf dem Gehweg lagen sie angenehmer als im häuslichen Bett, und sie baten, der Wärme dankbar zulächelnd, um Almosen.

In den Kutschen machten amerikanische Soldaten eine Rundfahrt. Es waren die Kinder derjenigen, die nach der Befreiung der Stadt angekommen waren. Warum waren sie noch immer hier? Weil sie die Erben jenes Sieges waren. Erbt man den Sieg? Er müsste so lange dauern, wie der Feind am Boden liegt, dann aufhören.

Für mich war es nicht einmal ein Sieg, ich hatte mich nur mit dem Messer gerettet. Jetzt ging ich fort. Wer wirklich siegt, der bleibt, wie die Amerikaner. Wohin brachte mich Don Gaetano? Sicher nicht zu den Wachen, vielleicht war ich jetzt an der Reihe, in einem Versteck wohnen zu müssen. Das unter der Hausmeisterloge war nutzlos, Anna kannte es.

Beim Anblick der übertriebenen Schönheit ringsumher erfasste mich eine fiebrige Müdigkeit.

»Das hier ist mein Platz, Don Gaetano.«

»Verabschiede dich von ihm, heute Abend schiffst du dich nach Amerika ein. Du hast eine Fahrkarte unter anderem Namen auf einem Schiff, das nach Argentinien fährt. Später gebe ich dir die Papiere.«

»Ihr habt es vorher gewusst.« Woraus bestand das Leben, wenn man es bis in alle Einzelheiten vorhersehen konnte? Und es vorhersah, ohne einschreiten, ohne verhindern zu können. Das war sie, die zu Schwielen verhärtete Traurigkeit von Don Gaetano. Abhilfe konnte er nur mit einer nachträglichen Rettung schaffen, einer Fahrkarte nach Amerika, seiner eigenen Reise. Für uns Süditaliener war der Ozean ein Fluchtweg. Er erteilte die Absolution, die an Land unmöglich war. Die Gedanken lärmten mir im Kopf, Don Gaetano hörte ihnen zu.

»Bei uns sorgt das Meer dafür, die Rechnungen auszugleichen.«

Ohne zu überlegen, fragte ich: »Kommt Ihr mit?«

»Nein, ich bleibe, ich decke dir den Rücken. Ich schreibe dir, wann du zurückkommen kannst. Du wirst bei einem Freund wohnen, er wird dich bei der Landung abholen.«

Zurückkommen? Ich glaube nicht, dass ich an den Ort zurückkehren werde, wo das Blut vergossen wurde. Die zum Meer abfallenden Gassen werde ich nicht mehr hinaufsteigen.

»Wenn ich einen Vater hätte, würde er das nicht für mich tun.«

»Das wissen wir nicht, du und ich haben keinen gehabt, wir verstehen nichts davon.«

Wir setzten uns auf eine Bank am Meer.

»Du bist schwach, du hast Blut verloren.«

»Ich hatte mehr, ich hatte auch genug für sie. Es hat dazu gedient, dass ihr Tränen kamen. Annas Tränen sind kostbar, Don Gaetano, sie sind der Ausweg aus ihrer Verrücktheit. Es war nicht unser Blut, was sie wollte, sondern ihre Tränen. Sie konnte nicht weinen. Tränen sind mehr wert als Blut. Warum wart Ihr nicht in der Portierloge?«

»Ich war da. Ich konnte nicht einschreiten, wir waren alle da, auch der Camorrista von gestern Abend. Angelegenheiten der Ehre und Händel unter Gaunern müssen untereinander ausgetragen werden, keiner darf sich einmischen. Du hast gut daran getan, das Messer liegen zu lassen.«

»Ihr habt mich gelehrt, Respekt vor dem Messer zu haben uns es nur einmal für eine Rettung zu gebrauchen und dann nicht mehr. Ihr habt also zugesehen.«

»Ja, und mit dem ersten Blut war es nicht genug. Der Kerl hatte bestimmt, dass bis zum letzten Blut niemand einschreiten dürfe. Ich wusste, du würdest nicht sterben, aber ich wusste nicht wie. Als ich sah, dass du einen Kreis um den Hof machtest, habe ich begriffen, was du vorhattest. Du hast die Hitze im Gesicht gesucht, die Stelle, wo die Sonne blendete. Ich konnte nicht wissen, dass du so erfahren handeln würdest.«

»Ich hatte die Sonne in den Augen, gleich als ich in den Hof trat. Ich habe mir überlegt, dass ich ihn an diese Stelle führen muss. Don Gaetano, auch ich wusste, dass ich nicht sterben würde. Es war Euer Gedanke, ich habe ihn im Kopf gehört. Jetzt fange ich auch an, Gedanken zu hören.«

»Ich weiß. Gestern hast du beim Kartenspiel gewonnen. Du hast aufgehört, von mir zu lernen.«

Die Schiffe der sechsten amerikanischen Flotte, der Flugzeugträger und die Geleitschiffe verließen den Golf im Verband. Auf offenem Meer löste sich ihr Hellgrau am Horizont auf. Das war die Farbe meiner verschlissenen Jacke. Auch mein Hellgrau ging hinaus aufs Meer. Ich würde Zeit genug haben, den Riss im Ärmel zu nähen und das Blut auszuwaschen.

»Gebt mir Nachricht von Anna, wenn sie geheilt ist.«

Über den Burschen am Boden sprachen wir kein Wort. Die Stelle, wo das Messer eingedrungen war, ließ keine Hoffnung zu.

»Wer weiß, wohin sie fahren«, sagte ich, auf die Kriegsschiffe zeigend.

»Nicht nach Hause, und du auch nicht. Du wirst in diese Richtung fahren.« Er zeigte nach Süden und Westen. Ich blickte hinunter zu den Büchern und Heften auf meinen Knien, vorbei war es mit der Schule, nun endeten alle Lektionen gleichzeitig. Ich verlor die Stadt, die mich unterrichtet hatte, Anna, Don Gaetano, die Bücher von Don Raimondo. *»T'aggia 'mparra' e t'aggia perdere«*, ich muss es dir beibringen, und dann muss ich dich verlieren, die Stadt schob mich weit von sich. Sie hat mich erwachsen werden lassen, aber nun konnte ich dieses Leben nicht fortführen, jetzt war ich frittiert wie ein Eierkuchen in Öl. Sie hatte mich durchgeknetet, paniert und dann in die schwarze Pfanne geworfen. Di Giacomo wünscht sich in einem seiner Gedichte, ein kleiner Fisch zu sein, den die schönen Hände einer Donna Amalia ergreifen, panieren und in eine Pfanne legen. Genau das passierte mir. Donna Amalia war die Stadt, und die schwarze Pfanne war der Ozean.

»Don Gaetano, die Müdigkeit lässt einen auf blöde Gedanken kommen.«

Wir aßen in einer Osteria am Hafen. Er überreichte mir die Fahrkarte, die Papiere und Geld, seine Ersparnisse.

»Ich werde sie Euch zurückerstatten. Es wird nicht wie mit dem Messer sein, dass ich meine Schuld bei jemand anderem begleiche. Dieses Geld werde ich Euch zurückbringen.«

Aufs Geratewohl sagte ich richtige Dinge. Was wusste ich von dem, was ich in Argentinien vorfinden würde? Was würde ich tun, um dort mein Leben zu bestreiten? Don Gaetano schenkte mir auch ein Spiel mit neapolitanischen Karten und eine spanische Grammatik. Wir gingen Fotos für den Ausweis machen. Don Gaetano kannte einen Drucker, der den Stempel fälschte. Bei Sonnenuntergang bestieg ich das Schiff.

Ich sah, wie der Golf seine Lichter von Posillipo bis Sorrent anzündete. Es waren viele weiße Taschentücher, sie winkten den weit geöffneten Augen der Abreisenden zu. Die neben mir waren voller Tränen. Die neben mir reisen nicht erster Klasse, sie haben keine Rückfahrkarte.

Während ich diese Sätze in das linierte Heft schreibe, steuert das Schiff auf das andere Ende der Welt zu. Um uns herum bewegt sich der Ozean, oder er steht still. Es heißt, heute Nacht überqueren wir den Äquator.